同题散文经典

陈子善 蔡翔 ◎ 编

海上的日出
海上的月亮

巴金 苏青 等 ◎ 著

人民文学出版社

图书在版编目(CIP)数据

海上的日出　海上的月亮 / 巴金等著；陈子善，蔡翔编．
—北京：人民文学出版社，2017（2024.10 重印）
（同题散文经典）
ISBN 978-7-02-012596-8

Ⅰ．①海… Ⅱ．①巴… ②陈… ③蔡… Ⅲ．①散文集-中国-现代②散文集-中国-当代 Ⅳ．①I266

中国版本图书馆 CIP 数据核字(2017)第 068960 号

责任编辑：李　娜　张玉贞
封面设计：汪佳诗

出版发行　人民文学出版社
社　　址　北京市朝内大街 166 号
邮政编码　100705

印　　刷　山东新华印务有限公司
经　　销　全国新华书店等

开　　本　890 毫米×1240 毫米　1/32
印　　张　5.75
插　　页　2
字　　数　128 千字
版　　次　2008 年 9 月北京第 1 版
印　　次　2024 年 10 月第 4 次印刷

书　　号　978-7-02-012596-8
定　　价　39.00 元

如有印装质量问题，请与本社图书销售中心调换。电话：010－65233595

编辑例言

中国素来是散文大国,古之文章,已传唱千世。而至现代,散文再度勃兴,名篇佳作,亦不胜枚举。散文一体,论者尽有不同解释,但涉及风格之丰富多样,语言之精湛凝练,名家又皆首肯之。因此,在时下"图像时代"或曰"速食文化"的阅读气氛中,重读散文经典,便又有了感觉母语魅力的意义。

本着这样的心愿,我们对中国现当代的散文名篇进行了重新的分类编选。比如,春、夏、秋、冬,比如风、花、雪、月等等。这样的分类编选,可能会被时贤议为机械,但其好处却在于每册的内容相对集中,似乎也更方便一般读者的阅读。

这套丛书将分批编选出版,并冠之以不同名称。选文中一些现代作家的行文习惯和用词可能与当下的规范不一致,为尊重历史原貌,一律不予更动。考虑到丛书主要面向一般读者,选文不再注明出处。由于编选者识见有限,挂一漏万在所难免,因此,遗珠之憾也将存在。这些都只能在编选过程中逐步弥补,敬请读者诸君多多指教。

目录

海上的日出 …………… 巴　金　1

听潮 ………………… 鲁　彦　2

五月的青岛 …………… 老　舍　5

海上的月亮 …………… 苏　青　8

海南杂忆 ……………… 茅　盾　13

沧海日出 ……………… 峻　青　18

海缘 …………………… 余光中　28

愁乡石 ………………… 张晓风　41

在海边 ………………… 斯　妤　45

那夜,感觉地中海的月亮 … 石　英　49

片断的苏北大海 ……… 黑　陶　53

海上 …………………… 冰　心　59

海燕 …………………… 郑振铎　63

忆法国海滨 …………… 李金发　66

海滨之夜 ……………… 谢冰莹　70

红海上的一幕	孙福熙	73
海滩拾贝	秦　牧	75
听海	王　蒙	81
海岸之夏	洪素丽	98
海口	钟　乔	105
秋天的海	愚　庵	107
海峡女神	章　武	110
迎着强烈的海风	严文井	114
海念	韩少功	117
渔港书简	简　媜	121
有一抹蓝色属于我	郭保林	130
海边小语	陈君葆	137
海的断想	邓　刚	142

海岛上	艾　芜	149
海上奇遇记	丰子恺	163
海	唐　弢	167
海岛上	单　复	169

海上的日出

◎巴金

　　为了看日出,我常常早起。那时天还没有大亮,周围非常清静,船上只有机器的响声。

　　天空还是一片浅蓝,颜色很浅。转眼间天边出现了一道红霞,慢慢地在扩大它的范围,加强它的亮光。我知道太阳要从天边升起来了,便不转眼地望着那里。

　　果然过了一会儿,在那个地方出现了太阳的小半边脸,红是真红,却没有亮光。太阳好像负着重荷似的一步一步、慢慢地努力上升,到了最后,终于冲破了云霞,完全跳出了海面,颜色红得非常可爱。一刹那间,这个深红的圆东西,忽然发出了夺目的亮光,射得人眼睛发痛,它旁边的云片也突然有了光彩。

　　有时太阳走进了云堆中,它的光线却从云层里射下来,直射到水面上。这时候要分辨出哪里是水,哪里是天,倒也不容易,因为我就只看见一片灿烂的亮光。

　　有时天边有黑云,而且云片很厚,太阳出来,人眼还看不见。然而太阳在黑云里放射的光芒,透过黑云的重围,替黑云镶了一道发光的金边。后来太阳才慢慢地冲出重围,出现在天空,甚至把黑云也染成了紫色或者红色。这时候光亮的不仅是太阳、云和海水,连我自己也成了光亮的了。

　　这不是很伟大的奇观么?

听潮

◎鲁彦

一年夏天,我和妻坐着海轮,到了一个有名的岛上。

这里是佛国,全岛周围三十里内,除了七八家店铺以外,全是寺院。岛上没有旅店,每一个寺院都特设了许多房间给香客住宿。而到这里来的所谓香客,有很多是游览观光的,不全是真正烧香拜佛的香客。

我们就在一个比较幽静的寺院里选了一间房住下来。这是一间靠海湾的楼房,位置已经相当地好,还有一个露台突出在海上,朝晚可以领略海景,尽够欣幸了。

每天潮来的时候,听见海浪冲击岩石的音响,看见空际细雨似的、朝雾似的、暮烟似的飞沫升落;有时它带着腥气,带着咸味,一直冲进我们的窗棂,黏在我们的身上,润湿着房中的一切。

"现在这海就完全属于我们的了!"当天晚上,我们靠着露台的栏杆,赏鉴海景的时候,妻欢心地呼喊着说。

大海上一片静寂。在我们的脚下,波浪轻轻吻着岩石,像蒙眬欲睡似的。在平静的深黯的海面上,月光辟开了一款狭长的明亮的云汀,闪闪地颤动着,银鳞一般。远处灯塔上的红光镶在黑暗的空间,像是一颗红玉。它和那海面的银光在我们面前揭开了海的神秘——那不是狂暴的不测的可怕的神秘,而是幽静的和平的愉悦的神秘。我们的脚下仿佛轻松起来,平静地,宽廓地,带着欣幸与希望,走上了那银光的路,朝向红玉的琼台走了去。

这时候,妻心中的喜悦正和我一样,我俩一句话都没有说。

海在我们脚下沉吟着,诗人一般。那声音仿佛是朦胧的月光和玫瑰的晨雾那样温柔;又像是情人的蜜语那样芳醇;低低地,轻轻地,像微风拂过琴弦;像落花飘零在水上。

海睡熟了。

大小的岛拥抱着,偎依着,也静静地恍惚入了梦乡。

星星在头上眨着慵懒的眼睑,也像要睡了。

许久许久,我俩也像入睡了似的,停止了一切的思念。

不晓得过了多少时候,远寺的钟声突然惊醒了海的酣梦,它恼怒似的激起波浪的兴奋,渐渐向我们脚下的岩石掀过来,发出汩汩的声音,像是谁在海底吐着气,海面的银光跟着晃动起来,银龙样的。接着我们脚下的岩石上就像铃子、铙钹、钟鼓在奏鸣着,而且声音愈响愈大起来。

没有风。海自己醒了,喘着气,转侧着,打着呵欠,伸着懒腰,抹着眼睛。因为岛屿挡住了它的转动,它狠狠地用脚踢着,用手推着,用牙咬着。它一刻比一刻兴奋,一刻比一刻用劲。岩石也仿佛渐渐战栗,发出抵抗的嗥叫,击碎了海的鳞甲,片片飞散。

海终于愤怒了。它咆哮着,猛烈地冲向岸边袭击过来,冲进了岩石的罅隙里,又拨剌着岩石的壁垒。

音响就越大了。战鼓声,金锣声,呐喊声,叫号声,啼哭声,马蹄声,车轮声,机翼声,掺杂在一起,像千军万马混战了起来。

银光消失了。海水疯狂地汹涌着,吞没了远近大小的岛屿。它从我们的脚下扑了过来,响雷般地怒吼着,一阵阵地将满含着血腥的浪花泼溅在我们的身上。

"彦,这里会塌了!"妻战栗起来叫着说,"我怕!"

"怕什么。这是伟大的乐章!海的美就在这里。"我说。

退潮的时候,我扶着她走近窗边,指着海说:"一来一去,来的时候凶猛;去的时候又多么平静呵!一样的美。"

然而她怀疑我的话。她总觉得那是使她恐惧的。但为了我,她仍愿意陪着我住在这个危楼。

我喜欢海,溺爱着海,尤其是潮来的时候。因此即使是伴妻一道默坐在房里,从闭着的窗户内听着外面隐约的海潮音,也觉得满意,算是尽够欣幸了。

五月的青岛

◎老舍

因为青岛的节气晚,所以樱花照例是在四月下旬才能盛开。樱花一开,青岛的风雾也挡不住草木的生长了。海棠,丁香,桃,梨,苹果,藤萝,杜鹃,都争着开放,墙角路边也都有了嫩绿的叶儿。五月的岛上,到处花香,一清早便听见卖花声。公园里自然无须说了,小蝴蝶花与桂竹香们都在绿草地上用它们的娇艳的颜色结成十字,或绣成儿团;那短短的绿树篱上也开着一层白花,似绿枝上挂了一层春雪。就是路上两旁的人家也少不得有些花草:围墙既矮,藤萝往往顺着墙把花穗儿悬在院外,散出一街的香气;那双樱,丁香,都能在墙外看到,双樱的明艳与丁香的素丽,真是足以使人眼明神爽。

山上有了绿色,嫩绿,所以把松柏们比得发黑了一些。谷中不但填满了绿色,而且颇有些野花,有一种似紫荆而色儿略略发蓝的,折来很好插瓶。

青岛的人怎能忘下海呢,不过,说也奇怪,五月的海就仿佛特别地绿,特别地可爱,也许是因为人们心里痛快吧?看一眼路旁的绿叶,再看一眼海,真的,这才明白了什么叫作"春深似海"。绿,鲜绿,浅绿,深绿,黄绿,灰绿,各种的绿色,连接着,交错着,变化着,波动着,一直绿到天边,绿到山脚,绿到渔

帆的外边去。风不凉,浪不高,船缓缓地走,燕低低地飞,街上的花香与海上的咸味混到一处,荡漾在空中,水在面前,而绿意无限,可不是,春深似海!欢喜,要狂歌,要跳入水中去,可是只能默默无言,心好像飞到天边上那将将能看到的小岛上去,一闭眼仿佛还看见一些桃花。人面桃花相映红,必定是在那小岛上。

这时候,遇上风与雾便还须穿上棉衣,可是有一天忽然响晴,夹衣就正合适。但无论怎说吧,人们反正都放了心——不会大冷了,不会。妇女们最先知道这个,早早地就穿出利落的新装,而且决定不再脱下去。海岸上,微风吹动少女们的发与衣,何必再回到电影院中找那有画意的景儿呢!这里是初春浅夏的合响,风里带着春寒,而花草山水又似初夏,意在春而景如夏,姑娘们总先走一步,迎上前去,跟花们竞争一下,女性的伟大几乎不是颓废诗人所能明白的。

人似乎随着花草都复活了,学生们特别地忙:换制服,开动运会,到崂山丹山旅行,服劳役。本地的学生忙,别处的学生也来参观,几个,几十,几百,打着旗子来了,又成着队走开,男的,女的,先生,学生,都累得满头是汗,而仍不住地向那大海丢眼。学生以外,该数小孩最快活,笨重的衣服脱去,可以到公园跑跑;一冬天不见猴子了,现在又带着花生去喂猴子,看鹿。拾花瓣,在草地上打滚;妈妈说了,过几天还有大红樱桃吃呢!

马车都新油饰过,马虽依然清瘦,而车辆体面了许多,好做一夏天的买卖呀。新油过的马车穿过街心,那专做夏天的生意的咖啡馆,酒馆,旅社,饮冰室,也找来油漆匠,扫去灰尘,油饰一新。油漆匠在交手上忙,路旁也增多了由各处来的舞女。预备呀,忙碌呀,都红着眼等着那避暑的外国战舰与各处的阔人。多咱浴场上有了人影与小艇,生意便比花草还茂盛呀。到那时候,青岛几乎不属于青岛的人了,谁的钱多谁更威风,汽车的眼是不会看山水的。

那么,且让我们自己尽量地欣赏五月的青岛吧!

海上的月亮

◎苏青

茫无边际的黑海,轻漾着一轮大月亮。我的哥哥站在海面上,背着双手,态度温文而潇洒。周围静悄悄的,一些声音也没有;溶溶的月色弥漫着整个的人心,整个的世界。

忽然间,他笑了,笑着向我招手。天空中起了阵微风,冷冷的,飘飘然,我飞到了他的身旁。于是整个的宇宙变动起来:下面是波涛汹涌,一条浪飞上来,一条浪滚下去,有规律地,飞滚着无数条的浪;上面的天空似乎也凑热闹,东面一个月亮,西面一个月亮,三五个月亮争着在云堆中露出脸来了。

"我要那个大月亮,哥哥!"我心中忽然起了追求光明的念头,热情地喊。一面拉起哥哥的手,想同他一齐飞上天去捉,但发觉哥哥的指是阴凉的。"怎么啦,哥哥?"我诧异地问。回过头去,则见他的脸色也阴沉沉的。

"没有什么,"他幽幽回答,眼睛望着云天远处另一钩淡黄月,说道:"那个有意思,钩也似的淡黄月。"

于是我茫然了,一钩淡黄月,故乡屋顶上常见的淡黄月哪!我的母亲常对它垂泪,年轻美丽的弃妇,夜夜哭泣,终于变成疯婆子了。我的心只会往下沉,往下沉,身子也不由得沉下去了,摔开哥哥的阴凉的手,只觉得整个宇宙在晃动,天空月光凌乱,海面波涛翻滚。

"哎唷!"我恐怖地喊了一声,惊醒过来,海上的月亮消失了,剩下来的只有一身冷汗,还有痛,痛在右腹角上,自己正患着盲肠炎,天哪!

生病不是好事,病中做恶梦,尤其有些那个。因此平日虽不讲究迷信,今夜也不免要来详梦一番了。心想,哥哥死去已多年,梦中与我携手同飞,难道我也要逝亡了吗?至于捉月亮……

月亮似乎是代表光明的,见了大光明东西便想去捉住,这是人类一般的梦想。但是梦想总成梦想而已,世上究竟有没有所谓真的光明,尚在不可知之间,因此当你存心要去捉,或是开始去捉时,心里已自怀疑起来,总于茫然无所适从,身心往下沉,往下沉,堕入茫茫大海而后已。即使真有勇往直前的人飞上去把月亮真个捉住了,那又有什么好处?人还是要老,要病,要痛苦烦恼,要做噜哩噜哚事情的,以至于死,那捞什子月亮于他究竟有什么用处呢?

说得具体一些,就说我自己了吧。在幼小的时候,牺牲许多游戏的光阴,拼命读书,写字,操体操,据说是为了将来的幸福,那是一种光明的理想。后来长大了,嫁了人,养了孩子,规规矩矩地做妻子,做母亲,天天压抑着罗曼蒂克的幻想,把青春消逝在无聊岁月中,据说那是为了道德,为了名誉,也是一种光明的理想。后来看看光是靠道德与名誉没有用了,人家不爱你,虐待你,遗弃你,吃饭成了问题,于是想到了独立奋斗。但是要独立先要有自由,要有自由先要摆脱婚姻的束缚,要摆脱婚姻的束缚先要舍弃亲生的子女——亲生的子女呀!那时所谓光明的理想,已经像一钩淡黄月了,淡黄月就淡黄月吧,总于我的事业开始了:写文章,编杂志,天天奔波,写信,到

处向人拉稿,向人献殷勤。人家到了吃晚饭时光了,我空着肚子跑排字房;及至拿了校样稿赶回家中,饭已冰冷,菜也差不多给佣人吃光了,但是饥不择食,一面狼吞虎咽,一面校清样,在廿五烛光的电灯下,我一直校到午夜。户口米内掺杂着大量的砂粒、尘垢,我终于囫囵吞了下去,终于入了盲肠,盲肠溃烂了。

  我清楚地记着发病的一天,是中午,在一处宴会席上,主人殷勤地劝着酒,我喝了,先是一口一口,继而一杯一杯地吞下。我只觉得腹部绞痛,但是说出来似乎不礼貌,也有些欠雅,只得死挺着一声不响。主人举杯了,我也举杯,先是人家央我多喝些,我推却,后来连推却的力气也没有了,腹中痛得紧,心想还是喝些酒下去透透热吧。于是酒一杯杯吞下去,汗却一阵阵渗出来了,主人又是怪体贴的,吩咐开电扇。一个发寒热、患着剧烈腹痛的人在电扇高速度的旋转下坐着吃,喝,谈笑应酬,究竟是怎样味儿我委实形容不出来,我只记得自己坐不到三五分钟就继续不下去,跑到窗口瞧大出丧了。但是大出丧的灵柩还没抬过,我已经痛倒在沙发上。

  "她醉了!"我似乎听见有人在说。接着我又听见主人替我雇了车,在途中我清醒过来,便叫车夫向××医院开去。

  医生说是吃坏了东西,得服泻剂。

  服了泻药,我躺在床上,到了夜里,便痛得满床乱滚起来。于是我哭着喊,喊了又哭。我喊妈妈,在健康的时候我忘记了她,到了苦难中想起来就只有她了。但是妈妈没有回答,她是在故乡家中,瞧着一钩淡黄月流泪哪!我感到伤心与恐怖,喃喃对天起誓,以后再不遗忘她,再不没良心遗忘她了。

  腹痛是一阵阵的,痛得紧的时候,肚子像要破裂了,我只拼命抓自己的发。但在松下来痛苦减轻的时候,却又觉得伤心,自己是孤零零的,叫天不应,喊地无灵,这间屋子里再也找不出一个亲人。我为什么离开了我的母亲?她是这样老迈了,神经衰弱,行动不便,在一个愚蠢无知的仆妇照料下生活着。我又为什么离开我的孩子?他们都是弱小可怜、孤苦无告地给他们的继母欺凌着,虐待着。

想到这里,我似乎瞧见几张愁苦的小脸,在海的尽头晃动着齐喊:"妈妈!"他们的声音是微弱的,给海风吹散了,我听不清楚。我也瞧见在朦胧的月光下,一个白发伛偻的老妇在举目四瞩地找我,但是找不到。

"妈妈!"我高声哭喊了起来,痛在我的腹中,更痛的在我心上:"妈妈呀!"

一个年轻的姑娘站在床前了,是妹妹,一张慌慌的脸。"肚子痛呀,妈妈!"我更加大哭起来,撒娇似的。

她也抽抽噎噎地哭了,口中连声喊"哎哟!",显得是没有主意。我想:这可糟了,一个刚到上海来的女孩子,半夜里是叫不来车子,送不来病人上医院的,急坏了她,还是治不了我的腹痛哪!于是自己拭了泪,反而连连安慰她道:"别哭哪,我不痛,此刻不痛了。"

"你骗我,"她抽噎得肩膀上下耸:"怎么办呢?妈妈呀。"

"快别哭,我真的不痛。"

"你骗我。"

"真的一些也不痛。"

"怎么办呢?"她更加抽噎不停,我恼了,说:

"你再哭,我就要痛。——快出去!"

她出去了,站在房门口。我只捧住肚子,把身体缩作一

团,牙齿紧咬。

  我觉得一个作家,一个勇敢的女性,一个未来的最伟大的人物,现在快要完了。痛苦地,孤独地,躺在床上,做那个海上的月亮的梦。海上的月亮是捉不到的,即使捉到了也没有用,结果还是一场失望。我知道一切光明的理想都是骗子,它骗去了我的青春,骗去了我的生命,如今我就是后悔也嫌迟了。

  在海的尽头,在一钩淡黄月下的母亲与我的孩子们呀,只要我能够再活着见你们一面,便永沉海底也愿意,便粉身碎骨也愿意的呀!

  盲肠炎,可怕的盲肠炎,我痛得又晕了过去。

海南杂忆

◎茅盾

我们到了那有名的"天涯海角"。

从前我有一个习惯:每逢游览名胜古迹,总得先找些线装书,读一读前人(当然大多数是文学家)对于这个地方的记载——题咏、游记等等。

后来从实践中我知道这不是一个好办法。

当我阅读前人的题咏或游记之时,确实很受感染,陶陶然有卧游之乐;但是一到现场,不免有点失望(即使不是大失所望),觉得前人的十分华赡的诗词游记骗了我了。例如,在游桂林的七星岩以前,我从《桂林府志》里读到好几篇诗词以及骈四俪六的游记,可是一进了洞,才知道文人之笔之可畏——能化平凡为神奇。

这次游"天涯海角",就没有按照老习惯,皇皇然作"思想上的准备"。

然而仍然有过主观上的想象。以为顾名思义,这个地方大概是一条陆地,突入海中,碧涛澎湃,前去无路。

但是错了。完全不是那么一回事。

所谓"天涯海角"就在公路旁边,相去二三十步。当然有海,就在岩石旁边,但未见其"角"。至于"天涯",我想象得到千数百年前古人以此二字命名的理由,但是今天,人定胜天,这里的公路是环岛公路干线,直通那里,沿途经过的名胜,有盐场,铁矿等等:这哪里是"天涯"?

出乎我的意料,这个"海角"却有那么大块的奇拔的岩石;我们看到两座相偎相倚的高大岩石,浪打风吹,石面已颇光滑;两石之隙,大可容人,细沙铺地;数尺之外,碧浪轻轻扑打岩根。我们当时说笑话:可惜我们都老了,不然,一定要在这个石缝里坐下,谈半天情话。

然而这些怪石头,叫我想起题名为《儋耳山》的苏东坡的一首五言绝句:

突兀嶪空虚,他山总不如。
君看道傍石,尽是补天遗!

感慨寄托之深,直到最近五十年前,凡读此诗者,大概要同声浩叹。我翻阅过《道光琼州府志》,在"谪宦"目下,知谪宦始自唐代,凡十人,宋代亦十人;又在"流寓"目下,知道隋一人,唐十二人,宋亦十二人。明朝呢,谪宦及流寓共二十二人。这些人,不都是"补天遗"的"道傍石"么? 当然,苏东坡写这首诗时,并没料到在他以后,被贬逐到这个岛上的宋代名臣,就有五个人是因为反对和议、力主抗金而获罪的,其中有大名震宇宙的李纲、赵鼎与胡铨。这些名臣,当宋南渡之际,却无缘"补天",而被放逐到这"地陷东南"的海岛作"道傍石"。千载以下,真叫人读了苏东坡这首诗同声一叹!

经营海南岛,始于汉朝;我不敢替汉朝吹牛,乱说它曾经如何经营这颗南海的明珠。但是,即使汉朝把这个"大地有泉皆化酒,长林无树不摇钱"的宝岛只作为采珠之场,可是它到底也没有把它作为放逐罪人的地方。大概从唐朝开始,这块地方被皇帝看中了;可是,宋朝更甚于唐朝。宋太宗贬逐卢多逊至崖州的诏书,就有这样两句"特宽尽室之诛,止用投荒之典"。原来宋朝皇帝把放逐到海南岛视为仅比满门抄斩罪减一等,你看,他们把这个地方当作怎样的"险恶军州"。

只在人民掌握政权以后,海南岛才别是一番新天地。参观兴隆农场的时候,我又一次想起了历史上的这个海岛,又一次想起了苏东坡那首诗。兴隆农场是归国华侨经营的一个大农场。你如果想参观整个农场,坐汽车转一转,也得一天两天。以前这里没有的若干热带作物,如今都从千万里外来这里安家立业了。正像这里的工作人员,他们的祖辈或父辈万里投荒,为人作嫁,现在他们回到祖国的这个南海大岛,却不是"道傍石",而是真正的补天手了!

我们的车子在一边是白浪滔天的大海、一边是万顷平畴的稻田之间的公路上,扬长而过。时令是农历岁底,北中国的农民此时正在准备屠苏酒,在暖屋里计算今年的收成,筹画着明年的夺粮大战吧?不光是北中国,长江两岸的农民此时也是刚结束一个战役,准备着第二个。但是,眼前,这里,海南,我们却看见一望平畴,新秧芊芊,嫩绿迎人。这真是奇观。

还看见公路两旁,长着一丛丛的小草,绵延不断。这些小草矮而丛生,开着绒球似的小白花,枝顶聚生如盖,累累似珍珠,远看去却又像一匹白练。

我忽然想起明朝正统年间王佐所写的一首五古《鸭脚粟》了。我问陪同我们的白光同志,"这些就是鸭脚粟么?"

"不是!"她回答,"这叫飞机草,刚不久,路旁有鸭脚粟。"

真是新鲜,飞机草。寻根究底之后,这才知道飞机草也是到处都有,可作肥料。我问鸭脚粟今作何用,她说:"喂牲畜。

可是,还有比它好的饲料。"

我告诉她,明朝一个海南岛的诗人,写过一首诗歌颂这种鸭脚粟,因为那时候,老百姓把它当作粮食。这首诗说:

五谷皆养生,不可一日缺。
谁知五谷外,又有养生物。
茫茫大海南,落日孤凫没。
岂有亿万足,垄亩生倏忽。
初如凫足撑,渐见蛙眼突。
又如散细珠,钗头横屈曲。

你看,描写鸭脚粟的形状,那么生动,难怪我印象很深,而且错认飞机草就是鸭脚粟了。但是诗人写诗不仅为了咏物,请看它下文的沉痛的句子:

三月方告饥,催租如雷动。
小熟三月收,足以供迎送。
八月又告饥,百谷青在垄。
大熟八月登,持此以不恐。
琼民百万家,菜色半贫病。
每到饥月来,此物司其命。
闾阎饱饪饼,上下足酒浆。
岂独济其暂,亦可赡其常。

照这首诗看来,小大两熟,老百姓都不能自己享用哪怕是其中的一小部分,而经常借以维持生命的,是鸭脚粟。

然而王佐还有一首五古《天南星》:

君有天南星,处处入本草。

夫何生南海，而能济饥饱。

八月风飓飓，闾阎菜色忧。

南星就根发，累累满筐收。

这就是说，"大熟八月登"以后，老百姓所得，尽被搜刮以去，不但靠鸭脚粟过活，也还靠天南星。王佐在这首诗的结尾用下列这样"含泪微笑"式的两句：

海外此美产，中原知味不？

1963 年 5 月 13 日

沧海日出

——北戴河散记之一

◎峻青

乍从那持续多日干燥燠热的北京,来到这气温最高不过摄氏二十度左右的北戴河,就像从又热又闷的蒸笼里跳进了清澈凉爽的池水里似的,感到无比地爽快、惬意、心身舒畅。在这舒畅惬意之余,真有些相见恨晚了。

说起来也很惭愧,我这个生长于渤海之滨从小就热爱大海的人,虽然也曾游览过一些国内外著名的海滨胜地,然而这名闻遐迩向往已久的北戴河,却一直到现在,才第一次投入了它的怀抱。不过,说也奇怪,在这之前,我虽然没有到过北戴河,但是我对它却并不陌生,不止是响亮的名字,而且它那幽美的风貌,我也早就观赏过了。不是从图画和电影中,也不是借助于文学作品或者人们的口头描叙,而是在一个梦中,不,确切一点说,是在一个像梦一般的幻境中。

那是在我童年的时候,有一次,我到刚退了潮的海滩上去赶海,那一天,海上有着一层白蒙蒙的雾气,它像薄纱似的在海面上轻飘飘地浮动着。就在这烟雾迷蒙的地方,我看见了一幅神奇的景象:在那本来是水天一碧清澈明净的海空之上,突然出现了一片不时幻变着的种种景色。这景色,开始时并不十分真切,影影绰绰的,一会儿仿佛是行云流水,一会儿仿佛是人马车辆。到后来,那迷离模糊的景物越来越清晰了,就像电影中渐渐淡入的镜头一样,我的面前,出现了一幅迷人的画面:一抹树木葱茏的山峦,横亘在大海的上空,一块块奇形怪状的岩石,耸立在山峰之上,一幢幢小巧玲珑的楼房,掩映在郁郁葱葱的树木之中。啊,这么多各种样式不同的楼房:圆顶的、尖顶的、方顶的,好看极了。我从来没有看见过这种种好看的楼房,它是那么美,那么奇特。还有庙宇寺院,亭台楼阁,它们有的深藏在林木环绕的山崖里,有的耸立在峭壁巉岩的山巅上,特别是那耸立在最东边一处陡峰上面的四角凉亭,连同它旁边的一块高高地耸立在大海里的岩石,非常令人瞩目,那亭子里面,还影影绰绰地仿佛是有人影在活动哩。一缕缕乳白色的烟雾,在山树间、海边上飘荡着,使得这迷人的景色,时隐时现,似幻似真,更增加了幽美和神秘的色彩……

忽然间,一阵大风吹来,那山峦树木亭台楼阁,霎时间变成了一缕缕青烟,一片片白云,飘荡着、幻变着,像电影的淡出镜头一样,消失了,不见了。于是,那刚才出现这景象的地方,又恢复了它原来的样子:碧波万顷的大海和湛蓝无垠的天空。

这倏忽而来而又飘忽而没的神奇景色,简直使我惊呆了,也着迷了。我瞪大着眼睛,问我周围的人们:

"这是什么?"

"海市。"一位我称他为戚二大爷的老渔民回答。

"不,是仙境。"另一位姓李的老头说。

"玩哩,哪里是什么仙境?"戚二大爷反驳李老头说,"是北戴河。"

这就是我第一次听到北戴河这名字。为了证实他的话,戚二大爷还指出了一些地名,比如最东角上那特别令人瞩目的凉亭和巉岩,叫鸽子窝。西山顶上松柏环绕中的那座古刹

叫观音寺等等。但,老实说,我对这并不感兴趣,也可以说不愿相信人间竟然真的会有这么一个美妙神奇的所在,而倒更多地相信李老头的话:那是仙境,是没有人间烟火世俗喧嚣的虚幻缥缈的仙境。所以当时我就以一种怀疑的口气问戚二大爷说:

"你说是北戴河,可是,你到过那儿吗?"

"当然到过。要不,我怎么知道它是北戴河呢?"这位在海上漂泊了一辈子的老渔民自豪地说,"它就在我们这大海的对面。"

"这么说,这个地方咱们是能到的了。"我高兴地说。

"别听他的,"李老头白了戚二大爷一眼说,"仙界福地,凡人怎么能到呢?"

"怎么不能?"戚二大爷说,"坐上船一直向北,如果遇上了顺风,一天一夜就到了。"

"啊,那太好了。"我倒宁愿相信戚二大爷的话了,"要是有一天,我也能到那儿去看看,那该有多好啊!"

李老头把大胡子一翘说:"你这小子别胡思乱想了。别说走一天一夜,你就是走一辈子,也到不了那个地方。你没有那么大的命。那儿是仙境。"

这话虽然未免使我有点扫兴,但却总也信以为真。

长大了。增长了一些知识才知道:那大海的对面,确实是有一个叫北戴河的地方,而且是一个非常有名的地方。因此,这地方就常常在我的思慕和向往之中了。特别是当读到一些描叙这儿风物的文学作品时,比如曹操那脍炙人口的诗篇:

东临碣石,以观沧海。

……

秋风萧瑟,洪波涌起。

既醉心于这诗词的优美,更神往于那山海的雄伟,于是,对北戴河这地方的兴致也就越发浓厚了。

也曾向写过《雪浪花》和《秋风萧瑟》的杨朔打听过:

"北戴河真的像你文章中所写的那么美吗?"

"确实很美。"杨朔兴致勃勃地回答说。

"比咱们的蓬莱、烟台、青岛如何?"因为是胶东同乡,于是我就提出这些我们共同熟悉的地方。心想有个比较。

"不能比,"杨朔连连地摇着头说,"各有各自的美,各有各自不同的风貌。至于那不同在什么地方,那就看各人的感受了,而且也不是言语所能形容的。所以我劝你有机会时,还是自己去领略一番吧。"

说的也是,人们的社会生活和大自然中,有些事物,常常是只能意会不可言传的,更何况百闻不如一见,于是,我决心找个机会,去北戴河看看。这与其说是我对于海边风景的特殊爱好,毋宁说是想印证一下童年时代看到的那次海市的情景的好奇心。

机会是很多的,也许正因为如此,所以每次都想:这次就算了吧,以后再去,反正机会多的是。哪知就这样一直拖延了下来,到"文化大革命"开始后,人身都失去了自由,连自己的亲人都看不到,更哪里还敢奢想去北戴河呢?不,想,倒也确实是想过。在那漫长而又寂寞的铁窗生活中,人生的乐趣,往日的梦想,什么没有反反复复地想过呢?北戴河和海市中的情景当然也不例外,而且,每当想到它的时候,总不免有些遗憾,后悔过去失去了太多的机会,又怅惘今后不复再有这样的机会了。于是不禁想起了当年在海滩上看海市时李老头说的

话:"你这小子,就是走一辈子,也到不了那个地方。你没有那么大的命。"

曾经萌发过一闪念的困惑:人生,真的由命吗？这命,又当作何解释？答案当然是否定的。更多的却还是自我讽嘲:当整个国家和人民都在遭受着深重的苦难,多少精神和物质上的宝贵财富被破坏殆尽的时候,没有到过北戴河,又算得了什么呢？当然自己也清楚:在那种大夜弥天的时刻,哪里还有什么闲情逸致去奢想北戴河？这只不过是表现了对于自由的强烈向往和渴望而已。

也许正是因为这个原因吧,现在,当我真的终于来到了北戴河的时候,那种感受,那种心情,真是无法用笔墨来形容。

好奇心终于得到了满足,印证的结果是确实无讹:那横亘在蓝天白云之间的一带山峦,那掩映在葱茏林木中的庙宇寺院亭台楼阁,那耸立在海边和山上的巉岩怪石,尤其是西山上的观音寺,东岭上的鸽子窝……这一切,恰和当年我在这渤海南岸千里之外的海滩上看到的海市蜃景一模一样,宛如两张同样的照片叠在一起似的。这实在不能不使我惊奇了。然而,这还仅止是我最初的一点点印象,而却不是我最深刻的感受。

最深刻的感受是什么呢？是美,是一种特别的美,充满了诗情画意的美。

就拿山来说吧,这儿的山,比别处并没有什么特别之点,然而却使我感到它特别美,特别好看。海,也是如此。它仿佛特别地蓝,特别地壮丽雄伟。而且,这儿,一天之内,一夜之间,日出日落,潮涨潮退,风雨阴晴,都各有不同的姿态,各有不同的美。我常和三两好友,在不同的时刻,不同的气候中,漫步山林与海滨,去领略那姿态万千风貌各异的美。我尤其喜欢在那夕阳衔山的傍晚,坐在海边的岩石上面,眼看着西天边上的晚霞渐渐地隐去,黄昏在松涛和海潮声中悄悄地降落下来,广阔的天幕上出现了最初的几颗星星,树木间晃动着飒飒飞翔的蝙蝠的黑影,这时候,四周静极了,也美极了,什么喧嚣的声音都听不到,只听见海水在轻轻地舐着沙滩,发出温柔的细语,仿佛它也在吟哦那"黄昏到寺蝙蝠飞"的诗句,赞美这夜幕初降时刻的山与海的幽美。等到那一轮清辉四射的明月,从东面黑苍苍的水天交界之处的大海里涌了出来时,这山与海,又有一番不同的情景了。这时候,那广阔的大海,到处闪烁着一片耀眼的银光,海边的山川、树木、楼房、寺院,也洒上了柔和的月光,这月光下的北戴河,就活像一幅淡淡的水墨画儿似的,隐隐约约朦朦胧胧的,又是一种富有诗意的美。

甚至,夜深时分,当你躺到床上闭上了眼睛的时候,一切景物都看不见了,却仍然还能感受到那种诗意的美的存在。这就是那催你入眠的涛声,这涛声,在万籁俱寂的夜里,有节奏地哗——哗——响着,温柔极了,好听极了,简直就是一支优美的催眠曲,每天夜里,我都在这温柔悦耳的涛声中入睡,每天清晨,又在这温柔悦耳的涛声中醒来。

啊。美,伟大的美,令人陶醉的美。

然而,还有更美的呢:那就是日出。

人们告诉我,在北戴河那著名的二十四景当中,最美、最壮丽的景致要算是那在东山鹰角亭上看日出了。

看日出须得早起。四点钟还不到,我就爬起身来沿着海边的大路向着东山走去。这时候,天还很黑。夜间下了一场雨,现在还未晴透。但是云隙中却已经放射出残星晓月的光辉。我贪婪地呼吸着那雨后黎明的清新空气,一个人在空荡荡不见人迹的路上走着,还以为我是起身最早的一个呢。哪知爬上了山顶一看,有两个黑黝黝的人影,早已伫立在鹰角亭旁了。

嗬!还有比我更积极的人。

走到亭前仔细一看,却原来是一老一小,那老的年纪约在七旬开外,一头皓发,满腮银髯,一看那风度,就猜得出是位学者。小的是一个二十多岁的姑娘,很美,也很窈窕,却有着北方人的那种健壮的体魄。那两人看到我,都彬彬有礼地点了点头,又转回身去,继续倚着亭柱凝神观望东方的海空。我不愿干扰他们的清兴,颔首还礼之后,也倚在一根亭柱上面,默默地眺望起来。

这时候,残云已经散尽了,几颗寥寥的晨星,在那晴朗的天空中闪烁着越来越淡的光辉。东方的天空,泛起了粉红色的霞光,大海,也被这霞光染成了粉红的颜色。这广阔无垠的天空和这广阔无垠的大海,完全被粉红色的霞光,融合在一起了,分不清它们的界限,也看不见它们的轮廓。只感到一种柔和的明快的美。四周静极了,只听见山下的海水轻轻地冲刷着巉岩的哗哗声,微风吹着树叶的沙沙声。此外,什么声音都没有,连鸟儿的叫声也没有,仿佛,它们也被眼前这柔和美丽的霞光所陶醉了。

早霞渐渐变浓变深,粉红的颜色,渐渐变成为橘红以后又变成为鲜红了。而大海和天空,也像起了火似的,通红一片。就在这时,在那水天融为一体的苍茫远方,在那闪烁着一片火焰似的浪花的大海里,一轮红得耀眼光芒四射的太阳,冉冉地升腾起来。开始的时候,它升得很慢,只露出了一个弧形的金边儿,但是,这金边儿很快地在扩大着,扩大着,不住地扩大着涌了上来。到后来,就已经不是冉冉飞起了,而是猛地一跳,蹦出了海面。霎时间,那辽阔无垠的天空和大海,一下子就布满了耀眼的金光。在那太阳刚刚跃出的海面上,金光特别强烈,仿佛是无数个火红的太阳铺成了一条又宽又亮又红的海上大路,就从太阳底下,一直伸展到鹰角亭下的海边。这路,金晃晃红彤彤的,又直又长,看着它,情不自禁地使人想到:循着这条金晃晃红彤彤的大路,就可以一直走进那太阳里去。

啊,美极了,壮观极了。

我再回头向西边望去,只见西面的山峰、树木、庙宇、楼房,也全都罩上了一轮金晃晃的红光。还有那从渔村里飘起了的乳白色的炊烟和在山林中飘荡的薄纱似的晨雾,也都变成了金晃晃红彤彤的颜色,像一缕缕色彩鲜艳的缎子,在山林和楼房之间轻轻地飘拂着、飘拂着。于是,那山峰、树木、庙宇、楼房,就在这袅袅的炊烟和晨雾之中,时隐时现,似真似幻。看着眼前这迷人的景色,我恍惚觉得自己又回到了童年时代,置身于渤海南岸的渔村海滩上。一时间,我竟然忘记了我眼前的这幅带有神奇色彩的幽美画面,究竟是北戴河中的海市呢,还是海市中的北戴河?究竟是实实在在的人间呢?还是那虚幻缥缈的仙境?

"啊,美极了,太美了!"我的身旁,有人在大声赞叹了。

我回头望去,原来是陪同那个老学者的年轻姑娘。她双手抱在胸前,仰脸望着那从大海中升起的太阳,现出异常激动而又惊奇的神色。她那充满了青春活力的美丽的脸,在朝阳和霞光的映照下,红彤彤的显得更加鲜艳,更加美丽,真像一朵盛开怒放的三月桃花。

是的,美,实在是太美了。老实说,著名的中外海滨胜地,我看到的虽然不能算多,可也不算太少。青岛、烟台、普陀、南海自不消说,波罗的海海滨也曾到过。日出呢,也不止看过一次,在那一万公尺以上的高空中的飞机上看到过,在那黄山后海的狮子峰上看到过,也在那视野辽阔的崂山顶上看到过。可是,为什么这儿的山,这儿的海,这儿的日出,我觉得比起上面我所看到过的那一些都更使我感到美?为什么?

我正在思索之间,仿佛应和着我的这个思想似的,那姑娘又回头看着那位老学者,提出了我心里正在想着的这个问题。

"爷爷,这儿十年前,咱们也曾来过几次,可是为什么今天我觉得它比过去更美了?为什么,你说呀。"

那位老者没有回答孙女的问话,却兀自高高地仰着头,眼睛一动不动望着那金晃晃红彤彤的东方海空。用他那洪亮的声音,朗朗地吟哦出下面的诗句:

云开山益秀,雨霁花弥香。
十年重游处,不堪话沧桑。

"好,好诗!"我情不自禁地喊了起来,因为它正好道出了我们的共同感受,也回答了我正在思考的问题。

那姑娘嫣然一笑,连连地点着头,用她那银铃般的声音,重复和品味着这诗句:

"云开山益秀,雨霁花弥香。对,是这个道理。"接着,又把头摇了几摇,蹙着眉头说,"不过,后面的那一句我不同意。它有点伤感的味道。你瞧,云开了,雨霁了,太阳又重新出来了。眼前的景物这么美,老是伤感能行吗?"

"对,好孩子,你说得对。一切都过去了,不应该伤感,也没有时间伤感,应该抓紧这大好时光,奋勇前进。我不老,我觉得我更年轻了,我还可以和你们那些年轻人比赛一阵子,怎么样?"那老学者说罢,哈哈大笑着,伸开胳膊把孙女揽在怀里,爷孙两个,说着笑着,大踏步地向着前面走去。金晃晃红彤彤的朝阳和霞光,映照在他们的身上,使得他们的全身也都金晃晃红彤彤的煞是好看,他们就在这初升的阳光下安详地坚定地走着、走着,一直走进了那橘红色的山林深处,不见了。仿佛,他们和那金晃晃红彤彤的朝阳和霞光溶化成为一体……

这又是一幅多么美好的图画啊!

而这,却又是我童年时看到的那个海市蜃景中所没有的。

是的,那海市虽然也很美,但却绝对没有像今天的北戴河这样美。

然而,这样美的又岂止是北戴河呢?

海缘

◎余光中

一

曹操横槊赋诗,曾有"山不厌高,海不厌深"之句。这意思,李斯在《谏逐客书》里也说过。尽管如此,山高与海深还是有其极限的。世界上的最高峰,圣母峰,海拔是二万九千零二十八英尺,但是最深的海沟,所谓马里亚纳海沟(Mariana Trench),却低陷三万五千七百六十英尺。把世上蟠蜿的山脉全部浸在海里,没有一座显赫的峰头,能出得了头。

其实也不必这么费事了。就算所有的横岭侧峰都穿云出雾,昂其孤高,在众神或太空人看来,也无非一钵蓝水里供了几簇青绿的假山而已。在我们这水陆大球的表面,陆地只得十分之三,而且四面是水,看开一点,也无非是几个岛罢了。当然,地球本身也只是一丸太空孤岛,注定要永久漂泊。

话说回来,在我们这仅有的硕果上,海洋,仍然是一片伟大非凡的空间,大得几乎有与天相匹的幻觉。害得曹操又说:"日月之行,若出其中。星汉灿烂,若出其里。"也难怪圣经里的先知要叹道:"千川万河都奔流入海,却没有注满海洋。"浩斯曼更说："滂沱雨入海，不改波涛咸。"

无论文明如何进步，迄今人类仍然只能安于陆栖，除了少数科学家之外，面对大海，我们仍然像古人一样，只能徒然叹其夐辽，羡其博大，却无法学鱼类的摇鳍摆尾，深入湛蓝，去探海里的宝藏，更无缘迎风振翅，学海鸥的逐波巡浪。退而求其次，望洋兴叹也不失为一种安慰：不能入乎其中，又不能凌乎其上，那么，能观乎其旁也不错了。虽然世界上水多陆少，真能住在海边的人毕竟不多。就算住在水城港市的人也不见得就能举头见海，所以在高雄这样的城市，一到黄昏，西子湾头的石栏杆上，就倚满了坐满了看海的人。对于那一片汪洋而言，目光再犀利的人也不过是近视，但是望海的兴趣不因此稍减。全世界的码头、沙滩、岩岸，都是如此。

中国的海岸线颇长，加上台湾和海南岛，就更可观。我们这民族，望海也不知望了多少年了，甚至出海、讨海，也不知多少代了。奇怪的是，海在我们的文学里并不占什么分量。虽然孔子在失望的时候总爱放出空气，说什么"道不行，乘桴浮于海"，害得子路空欢喜一场，结果师徒两人当然都没有浮过海去。庄子一开卷就说到南溟，用意也只是在寓言。中国文学里简直没有海洋。像曹操《观沧海》那样的短制已经罕见了，其他的作品多如李白所说："海客谈瀛洲，烟涛微茫信难求。"甚至《镜花缘》专写海外之游，真正写到海的地方，也都草草带过。

西方文学的情况大不相同，早如希腊罗马的史诗，晚至康拉德的小说，处处都听得见海涛的声音。英国文学一开始，就嗅得到咸水的气味，从《贝奥武夫》和《航海者》里面吹来。中国

文学里，没有一首诗写海能像梅士菲尔的《拙画家》(Dauber)那么生动，更没有一部小说写海能比拟《白鲸记》那么壮观。这种差距，在绘画上也不例外。像日希柯(Théodore Jéricault)、德拉克罗瓦、窦纳等人作品中的壮阔海景，在中国画中根本不可思议。为什么我们的文艺在这方面只能望洋兴叹呢？

二

我这一生，不但与山投机，而且与海有缘，造化待我也可谓不薄了。我的少年时代，达七年之久在四川度过，住的地方在铁轨、公路、电话线以外，虽非桃源，也几乎是世外了。白居易的诗句"蜀江水碧蜀山青"，七个字里容得下我当时的整个世界，蜀中天地是我梦里的青山，也是我记忆深处的"腹地"。没有那七年的山影，我的"自然教育"就失去了根基。可是当时那少年的心情却向往海洋，每次翻开地图，一看到海岸线就感到兴奋，更不论群岛与列屿。

海的呼唤终于由远而近。抗战结束，我从千叠百障的巴山里出来，回到南京。大陆剧变的前夕，我从金陵大学转学到厦门大学，读了一学期后，又随家庭迁去香港，在那海城足足做了一年难民。在厦门那半年，骑单车上学途中，有两三里路是沿着海边，黄沙碧水，飞轮而过，令我享受每一寸的风程。在香港那一年，住在陋隘的木屋里，并不好受，却幸近在海边，码头旁的大小船艇，高低桅樯，尽在望中。当时自然不会知道：这正是此生海缘的开始。隔着台湾海峡和南中国海的北域，厦门、香港、高雄，布成了我和海的三角关系。厦门，是过去时了。香港，已成了现在完成时，却保有视觉暂留的鲜明。

高雄呢,正是现在进行时。

至于台北,住了几乎半辈子,却陷在四围山色里,与海无缘。住在台北的日子,偶因郊游去北海岸,或是乘火车途经海线,就算是打一个蓝汪汪的照面吧,也会令人激动半天。那水蓝的世界,自给自足,宏美博大而又起伏不休,每一次意外地出现,都令人猛吸一口气,一惊,一喜,若有天启,却又说不出究竟。

三

现在每出远门,都非乘飞机不可了。想起坐船的时代,水拍天涯,日月悠悠,不胜其老派旅行的风味。我一生的航海经验不多,至少不如我希望的那么丰富。抗战的第二年,随母亲从上海乘船过香港而去安南。一九四九年,先从上海去厦门,再从厦门去香港,也是乘船。从香港第一次来台湾,也是由水路在基隆登陆。最长的一程航行,是留美回国时横渡太平洋,从旧金山经日本、琉球,沿台湾东岸,绕过鹅銮鼻而抵达高雄,历时约为一月。在日本外海,我们的船,招商局的海健号,遇上了台风,在波上俯仰了三天。过鹅銮鼻的时候,正如水手所说,海水果然判分二色:太平洋的一面黑蓝而深,台湾海峡的一面柔蓝而浅。所谓海流,当真是各流各的。

那已是近三十前的事,后来长途旅行,就多半靠飞而不靠浮了。记得只有从美国大陆去南太基岛,从香港去澳门,以及往返英法两国越过多佛尔海峡,是坐的渡船。

要是不赶时间,我宁坐火车而不坐飞机。要是更从容呢,就宁可坐船。一切交通工具里面,造型最美、最有气派的该是

越洋的大船了,怪不得丁尼生要说 the stately ships。要是你不拘形貌,就会觉得一艘海船,尤其是漆得皎白的那种,凌波而来的闲稳神态,真是一只天鹅。

　　站在甲板上或倚着船舷看海,空阔无碍,四周的风景伸展成一幅无始无终的宏观壁画,却又比壁画更加壮丽、生动,云飞浪涌,顷刻间变化无休。海上看晚霞夕烧全部的历程,等于用颜色来写的抽象史诗。至于日月双球,升落相追,更令人怀疑有一只手在天外抛接。而无论有风或无风,迎面而来的海气,总是全世界最清纯可口的空气吧。海水咸腥的气味,被风浪抛起,会令人莫名其妙地兴奋。机房深处沿着全船筋骨传来的共振,也有点催眠的作用。而其实,船行波上,不论是左右摆动,或者是前后起伏,本身就是一只具体而巨的摇篮。

　　晕船,是最杀风景的事了。这是海神在开陆栖者的小小玩笑,其来有如水上的地震,虽然慢些,却要长些,真令海客无所遁于风浪之间。我曾把起浪的海叫作"多峰驼",骑起来可不简单。有时候,浪间的船就像西部牛仔胯下的蛮牛顽马,腾跳不驯,要把人抛下背来。

四

　　海的呼唤愈远愈清晰。爱海的人,只要有机会,总想与海亲近。今年夏天,我在汉堡开会既毕,租了一辆车要游西德。当地的中国朋友异口同声,都说北部没有看头,要游,就要南下,只为莱茵河、黑森林之类都在低纬的方向。我在南游之前,却先转过车头去探北方,因为波罗的海吸引了我。当初不晓得是谁心血来潮,把 Baltic Sea 译成了波罗的海,真是妙绝。

这名字令人想起林亨泰的名句:"然而海,以及波的罗列。"似乎真眺见了风吹浪起,海叠千层的美景。当晚果然投宿在路边的人家,次晨便去卡佩恩(Kappeln)的沙岸看海。当然什么也没有,只有蓝茫茫的一片,反晃着初日的金光,水平线上像是浮着两朵方蕈,白得影影绰绰的,该是钻油台吧。更远处,有几双船影疏疏地布在水面,像在下一盘玄妙的慢棋。近处泊着一艘渡轮,专通丹麦,船身白得令人艳羡。这,就是波罗的海吗?

去年五月,带了妻女从西雅图驶车南下去旧金山,不取内陆的坦途,却取沿海的曲道,为的也是观海。左面总是挺直的杉林张着翠屏,右面,就是一眼难尽的,啊,太平洋了。长风吹阔水,层浪千折又万折,要折多少折才到亚洲的海岸呢?中间是什么也没有,只有难以捉摸,唉,永远也近不了的水平线其实不平也不是线。那样空旷的水面,再大的越洋货柜轮,再密的船队也莫非可怜的小甲虫在疏疏的经纬网上蠕蠕地爬行,等暴风雨的黑蜘蛛扑过来——捕杀。从此地到亚洲,好大的一弧凸镜鼓着半个地球,像眼球横剖面的水晶体与玻璃体,休要小觑了它,里面摆得下十九个中国。这么浩淼,令人不胜其,乡愁吗,不是的,不胜其惘惘。

第一夜我们投宿在俄勒冈州的林肯村。村小而长,我们找到那家暮投卧(motel),在风涛声里走下三段栈道似的梯级,才到我们那一层楼。原来小客栈的正面背海向陆,斜叠的层楼依坡而下,一直落到坡底的沙滩。开门进房,迎面一股又霉又潮的海气,赶快扭开暖气来驱寒。落地的长窗外,是空寂的沙,沙外,是更空寂的海,潮水一阵阵地向沙地卷过来,声撼十方。就这么,梦里梦外,听了一夜的海。全家四人像一窝寄

生蟹,住在一只满是回音的海螺里。

第二夜进入加州,天已经暗下来了,就在边境的新月镇(Crescent City)歇了下来。那小镇只有三两条街,南北走向,与涛声平行,我们在一家有楼座的海鲜馆临窗而坐,一面嚼食蟹甲和海扇壳里剥出来的嫩肉,一面看海岸守卫队的巡逻艇驶回港来,桅灯在波上随势起伏。天上有毛边的月亮,淡淡地,在蓬松的灰云层里出没。海风吹到衣领里来,已经是初夏了,仍阴寒逼人。回到客栈,准备睡了,才发觉外面竟有蛙声,这在我的美国经验里,却是罕有,倒令人想起中国的水塘来了。远处的岬角有灯塔,那一道光间歇地向我们窗口激射过来,令人不安。最祟人的,却是深沉而悲凄的雾号,也是时作时歇,越过空阔的水面,一直传到海客的枕前。这新月镇不但孤悬在北加州的边境,距俄勒冈只有十英里,而且背负着巨人族参天的红木森林,面对着太平洋,正当海陆之交,可谓双重的边镇。这样的边陲感,加上轮转的塔光与升沉的雾号,使我梦魂惊扰,真的是"一宿行人自可愁"了。

次日清早被涛声撼起,开门出去,一条公路从南方绕过千重的湾岬伸来,把我们领出这小小的海驿。

五

仁者乐山,智者乐水,圣人曾经说过。爱水的人果真是智者吗?那么,爱海的人岂非大智?其实攀山与航海的人更是勇者,因为那都是冒险的探索,那种喜悦往往会以身殉。在爱海人里,我只是一个陆栖的旁观者,颇像西方人对猫的嘲笑,"性爱戏水,却怕把脚爪弄潮。"水手和渔夫在咸风咸浪里讨生活,才是真正下水的爱海人。真正的爱海人吗?也许是爱恨交加吧?譬如爱情,也可分作两类:深入的一类该也是爱恨交加的,另一类虽未必深入,却不妨其为自作多情。我正是对海单相思的这一类。

十二年来我一直住在海边,前十一年在香港,这一年来在高雄。对于单恋海洋的陆栖者,也就是四川人嘲笑的旱鸭子而言,这真是至福与奇缘。世界上再繁华的内陆都市,比起就算是较次的什么海港来,总似乎少了一点退步,一点可供远望与遐思的空间。住在海边,就像做了无限(infinity)的邻居,一切都会看得远些看得开些吧。海,是不计其宽的路,不闭之门,常开之窗。再小的港城,有了一整幅海天为背景,就算剧台本身小些,观众少些,也显得变化多姿,生动了起来,就像写诗和绘画都需要留点空白一样。有水,风景才显得灵活。所以中国画里,明明四围山色,眼看无计可施了,却凭空落下来一泻瀑布,于是群山解颜。巴黎之美,要是没有塞纳河一以贯之,萦回而变化之,也会逊色许多。台北本来有一条河可以串起市景,却不成其为河了。高雄幸而有海。

海是一大空间,一大体积,一个伟大的存在。海里的珍珠与珊瑚,水藻与水族,遗宝与沉舟,太奢富了,非陆栖者所能探取。单恋海的人能做一个"观于海者",像孟轲所说的那样,也就不错。不过所谓观于海当然也不限于观;海之为物,在感性上可以观、可以听、可以嗅、可以触,一步近似一步。

香港的地形百转千回,无非是岛与半岛,不要说地面上看不清楚了,就连在飞机上观者也应接不暇。最大的一块面积在新界,其状有如不规则的螃蟹,所有的半岛都是它伸爪入海的姿势。半岛既多,更有远岛近矶呼应之胜,海景自然大有可

观。就这一点说来,香港的海景看不胜看,因为每转一个弯,山海洲矶的相对关系就变了,没有谁推开自己的窗子便能纵览香港的全貌。

钟玲在香港大学的宿舍面西朝海,阳台下面就是汪洋,远航南洋和西欧的巨舶,都在她门前路过。我在中文大学的楼居面对的却是内湾,叫吐露港,要从东北的峡口出去,才能汇入南中国海。所以我窗外的那一片潋滟水镜,虽然是海的婴孩,却更像湖的表亲。除非是起风的日子,吐露港上总是波平浪静,潮汐不惊。青山不断,把世界隔在外面,把满满的十里水光围在里面,自成一个天地。我就在那里看渡船来去,麻鹰飞回,北岸的小半岛蜿蜒入水,又冒出水面来浮成苍苍的四个岛丘,更远处是一线长堤,里面关着一潭水库。

六

去年九月,我从香港迁来高雄,幸而海缘未断,仍然是住在一个港城。开始的半年住在市区的太平洋大厦,距海岸还有两三公里,所以跟住在内陆都市并无不同。可是中山大学在西子湾的校园却海阔天空,日月无碍。文学院是红砖砌成的一座空心四方城,我的办公室在顶层的四楼,朝西的一整排长窗正对着台湾海峡,目光尽处只见一条渺渺的水平线,天和海就在那里交界,云和浪就在那里会合了。那水平线常因气候而变化。在阴天,灰云沉沉地压在海上,波涛的颜色黯浊,更无反光,根本指不出天和水在哪里接缝。要等大晴的日子,空气彻彻透明,碧海与青天之间才会判然划出一道界线,又横又长,极尽抽象之美,令人相信柏拉图所说的"天行几何之道"

(God always geometrizes)。其实水平线不过是海的轮廓,并没有那么一条线,要是你真去追逐,将永无接近的可能,更不提捉到手了。可是别小觑了那一道欺眼的幻线,因为远方的来船全是它无中生有变出来的,而出海的船只,无论是轩昂的货柜巨轮,或是匍行波上的舴艋小艇,也一一被它拐去而消磨于无形。

水平线太玄了,令人迷惑。也太远了,不如近观拍岸的海潮。孟子不就说过吗,"观水有术,必观其澜。"世界上所有的江河都奔流入海,而所有的海潮都扑向岸来,不知究竟要向大地索讨些什么。对于观海的人,惊涛拍岸是水陆之间千古不休的一场激辩,岸说:"到此为止了,你回去吧。"浪说:"即使粉身碎骨,我还是要回来!"于是一排排一列列的浪头昂然向岸上卷来,起起落落,一面长鬣翻白,口沫飞溅,最后是绝命的一撞之后喷成了半天的水花,转眼就落回了海里,重新归队而开始再次的轮回。这过程又像是单调而重复,又像是变化无穷,总之有一点催眠,所以看海的眼睛都含着几分玄想。

西子湾的海潮,从旗津北端的防波堤一直到柴山脚下的那一堆石矶,浪花相接,约莫有一里多长,十分壮观。起风的日子,汹涌的来势尤其可惊,满岸都是哗变的嚣嚣。外海的巨浪,捣打在防波堤上,碎沫飞花喷溅过堤来,像一株株旋生旋灭的水晶树,那是海神在放烟火吗?

七

西子湾的落日是海景的焦点。要观赏完整无缺的落日,必须有一条长而无阻的水平线,而且朝西。沙滩由南向北的

西子湾,正好具备这条件。月有望朔,不能夜夜都见满月。但是只要天晴,一轮"满日"就会不偏不倚正对着我的西窗落下,从西斜到入海,整个壮烈的仪式都在我面前举行。先是白热的午日开始西斜,变成一只灿灿的金球,光威仍然不容人逼视,而海面迎日的方向,起伏的波涛已经摇晃着十里的碎金。这么一路西倾下来,到了仰角三十度的时候,金球就开始转红,火势大减,我们就可以定睛熟视了。那红,有时是橙红,有时是洋红,有时是赤红,要看天色而定。暮霭重时,那颓然的火球难施光焰,未及水面就渐渐褪色,变成一影迟滞的淡橙红色,再回顾时,竟已隐身幕后。若是海气上下澄明,水平线平直如切,酡红的落日就毫不含糊地直掉入海,一寸接一寸被海的硬边切去。观者骇目而视,忽然,宇宙的大靶失去了红心。

我在沙田住了十一年,这样水遁而逝的落日却未见过,因为沙田山重水复,我楼居朝西的方向有巍然的山影横空,根本看不见水上的落日。西子湾的落日像是为美满的晴天下一个结论,不但盖了一颗赫赫红印,还用晚霞签了半边天的名。

半年后我们从市区的闹街迁来寿山,住进中山大学的学人宿舍。新居也在红砖楼房的四楼,书房朝着西南,窗外就是高雄港。我坐在窗内,举头便可见百码的坡下有街巷纵横,车辆来去。再出去便是高雄港的北端,可以眺览停泊港中的大小船舶,桅樯密举,锚链斜入水中。旗津长岛屏于港西,岛上的街沿着海岸从西北直伸东南,正与我的视线垂直而交,虽然远在两三里外,岛上的排楼和庙宇却历历可以指认。岛的外面,你看,就是渺渺的海峡了。

高雄之为海港,扼台湾海峡、巴士海峡和南中国海的要冲,吞吐量之大,也不必去翻统计数字,只要站在我四楼的阳台上,倚着白漆的栏杆,朝南一望就知道了。高雄港东纳爱河与前镇溪之水,西得长洲旗津之障,从旗津北头的第一港口到南尾的第二港口,波涵浪蓄,纵长在八公里以上。货柜进出此港,分量之重,已经居世界第四。从清晨到午夜,有时还更晚,万吨以上的货轮,扬着各种旗号,漆着各种颜色,各种文字的船名横排于舷身,不计其数,都在我阳台的栏杆外驶过。有时还有军舰,铁灰色的舷首有三位数的编号,横着炮管的侧影,扁长而剽悍,自然与众不同。不过都太远了,有时因为背光,或是雾霭低沉,加以空气污染的关系,无论是船形舰影,在茫茫的烟水里连魁梧的轮廓都浑沦了,更不说辨认船名。

甚至不必倚遍十二栏杆,甚至也无须抬头望远,只听水上传来的汽笛,此起彼落,间歇而作,就会意识到脚下那长港有多繁忙。而造船、拆船、修船、上货、卸货、领航、验关、缉私、走私……都绕着这无休无止的船来船去团团转。这水陆两个世界之间的港口自成一个天地,一方面忙乱而喧嚣,另一方面却又生气蓬勃,令码头上看海的人感到兴奋,因为这一片咸水通向全世界的波涛,在这一片咸水里下锚的舳舻巨舟曾经泊过各国的名港。高雄,正是当代的扬州。

每当我灯下夜读,孤醒于这世界同寐的梦外,念天上地下只剩我一人,只剩下自己一人了,不是被逐于世界之梦外,而是自放于无寐之境。那许多知己都何处去了呢,此刻,也都成了梦的俘虏,还是各守着一盏灯呢?忽然从下面的港口一声汽笛传来,接着是满港的回声,渐荡渐远,似乎终于要沉寂了,却又再鸣一声。据说这是因为常有渔船在港里非法捕鱼,需要鸣笛示警,但是夜读人在孤寂里听来,却感到倍加温暖,体会到世界之大总还是有人陪他醒着,分担他自命的寂寞,体会

到同样是醒着,有人是远从天涯,从风里浪里一路闯回来的,连夜读的遐思与玄想都不可能。我抬起头来,只见灯火零落的港上,桅灯通明,几排起重机的长臂斜斜举着,船首和船尾的灯号掠过两岸灯光的背景,保持不变的距离稳稳地向前滑行,又是一艘货柜巨轮进港了。

  以前在香港,九广铁路就在我山居的坡底蜿蜒而过,深宵写诗,万籁都遗我而去,却有北上的列车轮声铿然,鸣笛而去。听惯了之后,已成为火车汽笛的知音,觉得世界虽大,万物却仍然有情,不管是谁的安排,总感激长夜的孤苦中那一声有意无意的招呼与慰问。当时曾经担忧,将来回去台湾,不再有深宵火车的那一声晚安,该怎样排遣独醒的寂寞呢?没想到冥冥中另有安排:火车的长啸,换了货轮的低鸣。

  造化无私而山水有情,生命里注定有海。失去了香港而得到了高雄,回头依然是岸,依然是一所叫中山的大学,依然是背山面海的楼居。走下了吐露港的那座柔灰色迷楼,到此岸,又上了西子湾这座砖砌的红楼,依然是临风望海,登楼作赋。看来我的海缘还未绝,水蓝的世界依然认我。所以我的窗也都朝西或西南偏向,正对着海峡,而落日的方向正是香港,晚霞的下方正是大陆。

1986 年 10 月 13 日

愁乡石

◎张晓风

到"鹅库玛"度假去的那一天,海水蓝得很特别。

每次看到海,总有一种瘫痪的感觉,尤其是看到这种碧入波心的、急速涨潮的海。这种向正前方望去直对着上海的海。

"只有四百五十海里。"他们说。

我不知道四百五十海里有多远,也许比银河还迢遥吧?每次想到上海,总觉得像历史上的镐京或是洛邑那么幽渺,那样让人牵起一种又凄凉又悲怆的心境。我们面海而立,在浪花与浪花之间追想多柳的长安与多荷的金陵,我的乡愁遂变得又剧烈又模糊。

可惜那一片江山,每年春来时,全交付给了千林鹧鸪。

明孝陵的松涛在海浪中来回穿梭,那种声音、那种色泽,恍惚间竟有那么相像。记忆里那一片乱映的苍绿已经好虚幻好缥缈了,但不知为什么,老忍不住要用一种固执的热情去思念它。

有两三个人影徘徊在柔软的沙滩上,拣着五彩的贝壳。那些炫人的小东西像繁花一样地开在白沙滩上,给发现的人一种难言的惊喜。而我站在那里,无法让悲激的心怀去适应一地的色彩。

蓦然间,沁凉的浪打在我的脚上,我没有料到那一下冲撞

竟有那么裂人心魄。想着海水所来的方向,想着上海某一个不知名的滩头,我便有一种号哭的冲动。而哪里是我们可以恸哭的秦庭?哪里是申包胥可以流七日泪水的地方?此处是异国,异国寂凉的海滩。

他们叫这一片海为中国海,世上再没有另一个海有这样美丽沉郁的名字了。小时候曾经多么神往于爱琴海,多么迷醉于想象中那抹灿烂的晚霞,而现在,在这个无奈的多风的下午,我只剩下一个爱情,爱我自己国家的名字,爱这个蓝得近乎哀愁的中国海。

而一个中国人站在中国海的沙滩上遥望中国,这是一个怎样咸涩的下午!

遂想起那些在金门的日子,想起在马山看对岸的岛屿,在湖井头看对岸的何厝。望着那一带山峦,望着那曾使东方人骄傲了几千年的故土,心灵便脆薄得不堪一声海涛。那时候忍不住想到自己为什么不是一只候鸟,犹记得在每个江南草长的春天回到旧日的梁前,又恨自己不是鱼,可以绕着故国的沙滩岩岸而流泪。

海水在远处澎湃,海水在近处澎湃,海水徒然地冲刷着这个古老民族的羞耻。

我木然地坐在许多石块之间,那些灰色的,轮流着被海水和阳光煎熬的小圆石。

那些岛上的人很幸福地过着他们的日子,他们在历史上从来不曾辉煌过,所以他们不必痛心,他们没有骄傲过,所以无须悲哀。他们那样坦然地说着日本话,给小孩子起日本名字,在国民学校旗杆上竖着别人的太阳旗,他们那样怡然地顶着东西、唱着歌,走在美国人为他们铺的柏油路上。

他们有他们的快乐。那种快乐是我们永远不会有也不屑有的。我们所有的只是超载的乡愁,只是世家子弟的那份茕独。

海浪冲逼而来,在阳光下亮着残忍的光芒。海雨天风,在在不放过旅人的悲思。我们向哪里去躲避?我们向哪里去遗忘?

小圆石在不绝的浪涛中颠簸着,灰白的色调让人想起流浪的霜鬓。我拣了几个,包在手绢里,我的臂膀遂有着十分沉重的感受。

忽然间,就那样不可避免地忆起了雨花台,忆起那闪亮了我整个童年的璀璨景象。那时候,那些彩色的小石曾怎样地令我迷惑。有阳光的假日,满山的拣石者挑剔地品评着每一块小石子。那段日子为什么那么短呢?那时候我们为什么不能预见自己的命运?在去国离乡的岁月里,我们的箱箧里没有一撮故国的泥土。更不能想象一块雨花台石子的奢侈了。

灰色的小圆石一共是七块。它们停留在海滩上想必已经很久了,每一次海浪的冲撞便使它们更浑圆一些。

雕琢它们的是中国海的浪头,是来自海上的潮汐,日日夜夜,它们听着遥远的消息。

把七块小石转动着,它们便发出琅然的声音,那声音里有着一种神秘的回响,呢喃着这个世纪最大的悲剧。

"你拣的就是这个?"

游伴们从远远近近的沙滩上走了回来,展示着他们彩色缤纷的贝壳。

而我什么也没有,除了那七颗黯淡的灰色石子。

"可是,我爱它们。"我独自走开去,把那七颗小石压在胸

口上,直压到我疼痛得淌出眼泪来。在流浪的岁月里我们一无所有,而今,我却有了它们。我们的命运多少有些类似,我们都生活在岛上,都曾日夜凝望着一个方向。

"愁乡石!"我说,我知道这必是它的名字,它绝不会再有其他的名字。

我慢慢地走回去,鹅库玛的海水在我背后蓝得叫人崩溃,我一步一步艰难地摆脱它。而手绢里的愁乡石响着,响久违的乡音。

无端的,无端的,又想起姜白石,想起他的那首《八归》。

最可惜那一片江山,每年春来时,全交付给了千林鹧鸪。

愁乡石响着,响一片久违的乡音。

后记：鹅库玛系冲绳岛极北端之海滩,多有异石悲风。西人设基督教华语电台于斯,以其面对上海及广大的内陆地域。余今秋曾往一游,去国十八年,虽望乡亦情怯矣。是日徘徊低吟,黯然久之。

在海边

◎斯妤

我是一个生在海边,长在海边的人。厦门岛四周的海水湛蓝澄碧,温婉妍丽,那近乎透明、终日涌动不息的蓝色衬着岛上西式建筑的红砖绿瓦,还有散立在海滨山坡的芭蕉、椰树、凤凰、木棉,孕育、滋养了一个又一个诗人、音乐家,也使岛上的男子汉们日追一日地慷慨热情。这是南方的海,我故乡的海,终日奔涌喧哗着阳光的海。我曾是那片海域的女儿,它那湛蓝得近乎神奇的宽广怀抱,培育了我最初的温婉深情、明媚清丽。

然而,丧失温馨情怀仿佛有一万年之久了。这丧失是否和背井离乡,长期漂游在凛冽的北方有关?

现在,我面对北方这恢宏、壮阔的大海,灵魂突然一阵战栗。大连的海域是如此广袤,如此苍茫,如此灰暗滞重、阴郁沉雄。当海浪雄狮怒吼般地朝岸边席卷而来时,我感觉到的不是人类的伟岸,生命的欢乐,而是宇宙的无限,自然的浩荡,造物主的神秘与威严。

还有时间那亘古不变的循环、流转,人类命运的瞬息万变,无以把握,空间的浩荡连绵,无始无终,这一切,透过脚下这蓄积着原始伟力的海浪朝我呼啸而来时,我心里突然涌起了无尽的乡愁!

我想要那温柔妩媚的湛蓝吗？我想要那奔涌喧哗的阳光吗？我想要那玲珑美丽的故乡来抚慰我,庇护我吗？

是的,我想要梦幻来对抗现实,我想要善良的虚假来抵御严酷的真实。我愿意抛弃清醒,明敏,透彻,重新回到懵懂无知,混沌盲目。

然而人类已无法回到童年。

在名震中外,号称"神力雕塑公园"的金石滩,造物主又一次让我哑然无语,惶惶不安。

一堵由紫色、白色、灰色条纹相杂而成,浓缩了亿万年宇宙沧桑的叠层石灰岩耸然出现在我们面前。岩石是六亿年前海洋藻类生物化石而成。巨大而斑驳的断层上,一片莽莽苍苍,凹凸嶙峋。六亿年的时光熔铸了它的苍茫,无数海底生命造就了它的丰厚。时光使生命变成了石头,生命又使时光得以凝聚。

然而生命毕竟变成了石头。

同伴们纷纷在这巨型化石前留影,因为这是著名的"天下奇石"(美国地学部主席柯劳德语),是世所罕见、地球上不可再生的瑰丽景观。我也怯生生地走过去,在摄影师按下快门的一刹那,做出了一个怯生生的笑容。

我知道照片冲洗出来后,那巨石会更加奇崛伟岸,而我们这些人类会愈加渺小委琐。我们在它面前将不复天地灵长、宇宙主人了,我们和地球上所有的生物一样,只是渺小、脆弱的生灵。

是的,面对这无言耸立着的宇宙沧桑史,我又一次强烈地感到浮沉在漫漫时空中的人类的悲哀。"流逝的不是时间,而是一代又一代的人。"一代又一代的人流逝了,沉积下来的便只有一代又一代灵魂对战胜时间、建立不朽的永恒渴望？

希腊神话里有位坚定的西绪弗。诸神处罚他,让他不停地将一块巨石推上山顶,而石头由于自身的重量又滚下山去。明知无效无望,但西绪弗日复一日,迈着坚定的步伐下山,将巨石又一次推上山顶。

汽车终于驶上风光旖旎的滨海路。这条依山傍海逶迤而行的公路是近年才开通的。据说这是全国最长的滨海公路,一共蜿蜒三十里。我不知它是否真是全国最长(大连这座城市很独特,它有许多全国之最。)但它所展现给我的,确是最新鲜、最独特的。

海风刚烈而强劲地刮,仿佛把我们的面包车当成了待举的风帆,一定要把它吹灌得满满,张扬得高高的才肯住手。滔滔黄海在前,郁郁青山在后(被车抛到了身后),大海以永不止歇的热情呼啸着,奔腾着,凌厉强悍的北方气息灌满了整条公路,弥漫在每个人心头。汽车疾驶着,树木飞掠而过。涛声时远时近,时远时近,一片坦荡无垠中,突然转出一弯苍翠,又一弯苍翠,然后"哗"地一转,一片坦坦荡荡的海滩拥着一片汹汹涌涌的海浪出现在眼前。远处近处,偶尔冒出几座红砖小楼,像是在倔强地显示人类的意志。而左侧的青山,则时坐时卧地逼视着这一切,仿佛它也不肯袖手旁观,只要稍有动静,它便会霍地耸立起来,慷慨激昂地参与这个世界的事务……

盘旋在逶迤的滨海路,我更多地感觉到了人类的气息。日月闲闲,宇宙浩浩,人类除了仿效那明知虚妄却仍旧坚定仍旧义无反顾的西绪弗外,又能怎么样？我们明知我们无论走过多么漫长的岁月,最终都指向消亡;明知生命有欢乐,更有无尽的劳作和苦难,我们也得迈着"沉重而均匀的脚步"走下去,并且尽可能地使这过程充实、辉煌,充满创造的荣耀。

  从海边回到住地,我五岁的儿子突然十分严肃地问我:"妈妈,谁能活得比'时候'长?"我被他突兀而犀利的追问所震动,一时竟无言以对。如今想来,这个问题是谁也无法彻底解答的。只有当他长大成人,体味了百态人生,并且终于能够和大自然静静对视,在心里一再问自己"时光流逝,在这过程中一直保有新鲜生命的东西是什么"时,他才能找到属于自己的答案。

1991 年

那夜,感觉地中海的月亮

◎石英

　　人生总会有些偶然的际遇,在当今航空事业发达,相距万里夕发朝至的迅捷条件下,我却在偶然情况下乘轮船泛行,度过了一个相当完整的地中海之夜。当然,对于一个东西长达四千公里、南北最宽处约一千八百公里的横跨亚、非、欧三洲的世界最大的陆间海,我的此番夜渡还仅及地中海的一角,但那夜天无纤云、月光如镀,搔得我几乎不忍入睡。说来也怪,我不禁想起中国京剧《霸王别姬》中虞姬的一段著名念白:"云敛晴空,冰轮乍涌,好一番清秋光景!"

　　也真是,船在海中,四顾茫茫,本来是十分单调的景色,但在甲板上举头一轮皎月——别忘了这是地中海的月亮。于是,便古往今来、东拉西扯地联想到与地中海沿岸有关的一些故事来。

　　船居海中看来单调,而地中海沿岸却绝不单调。你看呀,从这里西经直布罗陀海峡可通向大西洋;东北以达达尼尔海峡和博斯普鲁斯海峡连接黑海;东南经苏伊士运河、红海通印度洋。千百年以来至今,多少震惊世界的重大事件在这里发生,多少纵横捭阖的人物在这里演出他们令世人注目的悲喜剧。无可否认,地中海确是一个多事的海,事态瞬息多变,但地中海的月亮,却依然闪烁着千古不易的银光。不是吗?当年威风八面、不可一世的恺撒大帝的权杖也没有将它击落；后来那位似乎是无往不胜无所不能的拿破仑站在阿尔卑斯山的最高点，却也够不着地中海的月亮！

今夜，地中海的月亮依然。

据说，千百年来的航海家们，虽曾犁穿大洋，游弋四海，见过地球上各个角落的月亮，却对地中海的月亮格外青睐。有的船长一进入这里，感觉上只当作是欧亚非三洲内院的鱼池，表面上似乎很幽静，月下的波光仿佛是一片片奋飞的银色蝴蝶。船员呢，启碇离岸少则一月，多则百余个日夜，看那波光恍惚是情人的手帕，熟悉又有点扑朔迷离。当然，如在当日远涉东方的商贾们的眼里，月下波光是不是正在铸造带咸味的银元？无尽无休地……哪怕是过过眼瘾也好。不过，最好不要起风；一刮大风，船身不稳，海面都已混沌，哪里还有想象的兴致。

想必，地中海是经常风起浪涌的；但今夜无风。

在风息海平之夜，地中海的确是月光理想的栖息地；而月亮，又是地中海忧喜的信号灯。周边有多少名城，举其要者就有法国的马赛，意大利的热那亚和那不勒斯，埃及的塞得港等等，哪个不反射着地中海的月光？哪个不围着地中海的月亮旋转？设想如果没有地中海，如果不是多少年来航海业和商业的发达，哪里有这些名城的繁盛与崛起？在某种意义上，它们都是地中海品牌的落地小月亮。只有地上的小月亮有时热闹得烫手，不再像天上的母亲月亮那么心凉，那么耐得清寂。

我觉得，至少在今夜的航行中，我最需要月亮。

有没有不需要月亮的呢？我想也是有的。现代化的航母就不需要月亮照明。就在此时远处的夜色中，有一个巨大的船影,我的同行者中有一位对飞机和舰只颇有兴趣的年轻人判断是"大黄蜂号"航母。如是,那它对有无月光当然是无所谓的:高科技红外线完全可以彻底瓦解了通通黑夜;战斧式巡航导弹完全能够将力量对比的天平恣意倾斜,循着死神划定的弧线,准确无误地击中母亲的惊叫和婴孩的哭声。

转念中,我希望不是,不是"大黄蜂号"抑或是别的什么号。至少在今夜,让这月光得以平适地栖息,让这忧喜的信号灯以暂时的"平安无事"陪伴需要它的人们度过这个银色的夜晚。

我知道这时海畔岸边有很多很多的窗口都是昏暗的,它们都热切欢迎月光莅临。尤其是停电的日子里,月光被人们视为明哲的降福者。在地中海沿岸及其附近的一些地方,停电与局部战争从来就没有休止过。那些孩子们的饥饿的眼睛里,月亮是能发光的汉堡包;只是它太高太高了,他们多盼望,明天或者后天晚上它能离得更近些……

如此看来,月下地中海并不是亚非欧内院的鱼池。今夜表面的安适与平静,只是暂时的现象。它是东西两半球的主要的通衢孔道,世界上的一切大的风云变幻,几乎不可能不在这里造成晨起波翻,夕惊浪涌。

果然,当月亮向一边倾坠时,海面上的波光也渐形弱化以至暗淡下来。原来那恍似翩翩奋飞的银色蝴蝶,那情人扑朔迷离的手帕,还有什么正在铸造的带咸味的银元,等等,都是在想象中而存在的。没有了想象,这一切都不复存在,只是愈来愈暗淡的波光而已。

又过了一个时辰,月光更趋清淡,夜幕正在舒卷,看来天快亮了。这时不知怎的,我倒是宁可这夜长一些,不是希图苟

安，而是让那残留的想象多伴随我们一时。天一亮，沿岸的城乡景色肯定是丰富多了，但现实中的严峻同时也突显出来，需要我们另一种面对。

　　我预感到，这地中海航渡的一夜很可能是唯一的一次。今后，固然在任何地方都会看到月亮，但在地中海中看月亮却几乎不会再有。尽管人们会讥我天真可笑，我却仍执拗地认为：地中海的月亮就是地中海的月亮。

片断的苏北大海

◎黑陶

像是跌碎的长条形玻璃,这条发蓝的河流异常安静地躺在脚前。远处的瑞荣坐在又白又软的河边泥地上,已经支住画架,握起了他的油画大笔。他找到了好画面。河流对面,是几幢用红砖砌成的式样别致的参差小屋,更妙的是,还有一座高高的水塔耸立于后。我只是闲逛。八月炎夏,上午八九点的阳光已经威猛烫人。四周旷无一人。软白的河边泥地上长满了茂盛的野花野草。高过人腰的一大丛又一大丛的狗尾巴草,早被热辣辣的阳光烤干了早晨露水。不过,从逆光的角度看过去,沐浴在无边金色里的穗状外形,另有一种朴素的民间美意。大海就在我们身后。磅礴、涩腥、空阔的气息顽强地透过那高峻堤坝,侵吞并感染着世间一切。我不由自主地拨开刺痒的茅草,穿过浓密的小片杂树林,翻上了堤坝。伟大的黄海,一下子,便重新一览无遗地袒露在我的视野之中。

铁锈斑斑的古老吊扇在低矮闷热光线昏黄的空间里旋响。这是我们住的乡村旅店,最靠近大海的草野中的一排平房。背心短裤的瑞荣已经把他的四张作品钉上了墙壁。《通向大海之路》和《大洋港船闸》是昨天在启东画的;还有就是今天在如东地界上所作的《水塔和红房子》及另一幅《待修或破败的船》。四幅煌煌油画上墙,顿时给陈旧房内添了一抹说不

出的光彩。把带来的小放音机的音量旋钮拧到最大，流出来的是日本浪漫音乐《海之诗》和随后卡伦·卡蓬特的《走向巅峰》。摆不脱的城市现代中毒症。关掉！享受自然！用滚开水把茶缸内早晨抓到的硕大海蟹烫红，蘸醋而分食之。步出门外，暮色已浸蓝海边广阔草地和我们所居的平房。脚下草丛内准备饮露睡眠的众多蛤蟆，因我们的出现而纷纷惊跳爬走。

"大地撼动，摇篮里的夜晚哭泣不止。"这是后来自己涂的所谓诗歌中的一句。农历七月十五之夜，我们第一次领略到如此壮阔且令人惊恐的大海共鸣。我们成了声音狂风中的两片树叶，似乎随时都有被吹逝天外的可能。我们不自觉地踏紧堤上的土地。潮水开始时从遥远的海平线涌来，如密集的箭雨，勇往直前毫不犹豫没有一丝停顿或退缩。越来越近，越来越响，越来越猛。"轰！"它终于撞到筑到海坝的坚硬岩石了。浪花卷起千堆雪，声音响成万朵雷。是的，整座大海此时宛如一头疯狂的野兽，在浓重的夜色中，高高扬起白亮的巨唇和牙齿，它欲咬啮、消灭一切！人是多么渺小，面对这不可一世的大海；人又是多么伟大，因为人能君临、俯视、审察着大海咆哮的全部！"秋风萧瑟，洪波涌起。日月之行，若出其中；星汉灿烂，若出其里。"我怎么又想起了曹孟德的横空壮句？

第二天我们起得很早。潮水一退数千米。昨夜由冥冥力量牵引而至的巨量海水，重又躲到哪儿去了？神秘。大海，也由发怒暴跳的关东猛汉变成了现在清凉新鲜的南方少女。低洼处积满镜子般海水的滩涂上，歇满有细细长脚的各种涉禽。泥滩涂异常坚实。拖拉机像笨拙的甲虫，"突突突"地爬向泊在远处的渔船,在早晨初升的太阳下,发出古怪微薄的红光。堤坝高处的岩石上也满是深深的水渍。我们细细分辨着水痕与干燥处的分界线,仿佛是公正谨严的裁判,在为过去某一时刻大海跳高的迷人成绩作着记录。

雨后寂静的乡村柏油公路,在海边农田和大片浓绿的树林中间伸向远方。我们在等待离开这里的早班汽车。一个穿胶鞋的当地少年,提着一只沉重的黄色背包,站在闪烁潮湿满是绿意的黑柏油路旁。少年也在等车。怀斯。目睹此境此人,我们看到了我们所热爱的那位美国乡村画家曾展示过的画面。缀挂晶莹水珠的蓝色乡村长途汽车终于从遥远的那头驶到了身旁。我们踏上了归程。什么感觉?似乎说不清。只是一瞬之间脑子里闪电般出现了一场对话,一场若干年前,在另一块土地某次郊游返城时我和一个同伴的对话。我觉得在这里把那段短暂的对话抄录下来是有点意思的:

"我们就这么走了,可是那些岩石,那些泉水,还将长年累月地躺在那儿,响在那儿。"

"我们是什么?"她沉思。

"你说呢?"

"你说呢?"她坚持。

"几粒城里的苍蝇,在那里叮了会儿,又飞回了城里。"

"……"停了好久,她轻轻点头。

海上

◎冰心

谁曾在阴沉微雨的早晨,独自飘浮在岩石下面的一个小船上的,就要感出宇宙的静默凄黯的美。

岩石和海,都被阴雾笼盖得白蒙蒙的,海浪仍旧缓进缓退的,洗那岩石。这小船儿好似海鸥一般,随着拍浮。这浓雾的海上,充满了沉郁,无聊,——全世界也似乎和她都没有干涉,只有我管领了这静默凄黯的美。

两只桨平放在船舷上,一条铁索将这小船系在岩边,我一个人坐在上面,倒也丝毫没有惧怕,——纵然随水漂了去,父亲还会将我找回来。

微尘般的雾点,不时地随着微风扑到身上来,润湿得很。我从船的这边,扶着又走到那边,瞭望着,父亲一定要来找我的,我们就要划到海上去。

沙上一阵脚步响,一个渔夫,老得很,左手提着筐子,右手挂着竿子,走着便近了。

雨也不怕,雾也不怕,随水漂了去也不怕;我只怕这老渔夫,他是会诓哄小孩子,去卖了买酒喝的。——下去罢,他正坐在海边上;不去罢,他要是捉住我呢;我怕极了,只坚坐在船头上,用目光逼住他。

他渐渐抬起头来了,他看见我了,他走过来了;我忽然站起来,扶着船舷,要往岸上跳。

"姑娘呵!不要怕我,不要跳,——海水是会淹死人的。"

我止住了,只见那晶莹的眼泪,落在他枯皱的脸上;我又坐下,两手握紧了看着他。

"我有一个女儿——淹死在海里了,我一看见小孩子在船上玩,我心就要……"

我只看着他,——他用袖子擦了擦眼泪,却又不言语。

深黑的军服,袖子上几圈的金线,呀!父亲来了,这里除了他没有别人袖子上的金线还比他多的,——果然是父亲来了。

"你这孩子,阴天还出来做甚么,海面上不是玩的去处!"我仍旧笑着跳着,攀着父亲的手。他斥责中含有慈爱的言词,也和母亲催眠的歌,一样地温煦。

"爹爹,上来,坐稳了罢,那老头儿的女儿是掉在海里淹死了的。"父亲一面上了船,一面望了望那老头儿。

父亲说:"老头儿,这海也是没有大鱼的,你何不……"

他从沉思里,回过头来,看见父亲,连忙站起来,一面说:"先生,我知道的,我不愿意再到海面上去了。"

父亲说:"也是,你太老了,海面上不稳当。"

他说:"不是不稳当,——我的女儿死在海里了,我不忍再到她死的地方。"

我倚在父亲身畔,我想:"假如我掉在海里死了,我父亲也要抛弃了他的职务,永远不到海面上来么?"

渔人又说:"这个小姑娘,是先生的……"父亲笑说:"是的,是我的女儿。"

渔人嗫嚅着说:"究竟小孩子不要在海面上玩,有时会有危险的。"

我说:"你刚才不是说你的女儿……"父亲立刻止住我,然而渔人已经听见了。

他微微地叹了一声,"是呵!我的女儿死了三十年了,我只恨我当初为何带她到海上来。——她死的时候刚八岁,已经是十分地美丽聪明了,我们村里的人都夸我有福气,说龙女降生在我们家里了;我们自己却疑惑着;果然她只送给我们些眼泪,不是福气,真不是福气呵!"

父亲和我都静默着,望着他。

"她只爱海,整天里坐在家门口看海,不时地求我带她到海上来,她说海是她的家,果然海是她永久的家。——三十年前的一日,她母亲回娘家去,夜晚的时候,我要去打鱼了,她不肯一个人在家里,一定要跟我去。我说海上不是玩的去处,她只笑着,缠磨着我,我拗她不过,只得依了她,她在海面上乐极了。"

他停了一会儿——雾点渐渐地大了,海面上越发地阴沉起来。

"船旁点着一盏灯,她白衣如雪,攀着帆索,站在船头,凝望着,不时地回头看着我,现出喜乐的微笑。——我刚一转身,灯影里一声水响,她……她滑下去了。可怜呵!我至终没有找回她来。她是龙女,她回到她的家里去了。"

父亲面色沉寂着,嘱咐我说:"坐着不要动。孩子!他刚才所说的,你听见了没有?"一面自己下了船,走向那在岩石后面呜咽的渔人。浓雾里,她的父亲,和我的父亲都看不分明。

要是他忘不下他的女儿,海边和海面却差不了多远呵!怎么海边就可以来,海面上就不可以去呢?

要是他忘得下他的女儿,怎么三十年前的事,提起来还伤心呢？

人要是回到永久的家里去的时候，父亲就不能找他回来么？

他不明白，我至终不明白。——雾点渐渐地大了，海面上越发地阴沉起来。

谁曾在阴沉微雨的早晨，独自飘浮在小船上面？——这浓雾的海上，充满了沉郁无聊，全世界也似乎和她都没有干涉，只有我管领了这静默黯凄的美。

海燕

◎郑振铎

乌黑的一身羽毛,光滑漂亮,积伶积俐,加上一双剪刀似的尾巴,一对劲俊轻快的翅膀,凑成了那样可爱的活泼的一只小燕子。当春间二三月,轻飔微微地吹拂着,如毛的细雨无因地由天上洒落着,千条万条的柔柳,齐舒了它们的黄绿的眼,红的白的黄的花,绿的草,绿的树叶,皆如赶赴市集者似的奔聚而来,形成了烂漫无比的春天时,那些小燕子,那末伶俐可爱的小燕子,便也由南方飞来,加入了这个隽妙无比的春景的图画中,为春光平添了许多的生趣。小燕子带了它的双剪似的尾,在微风细雨中,或在阳光满地时,斜飞于旷亮无比的天空之上,唧的一声,已由这里稻田上,飞到了那边的高柳之下了。再几只却隽逸地在潾潾如縠纹的湖面横掠着,小燕子的剪尾或翼尖,偶沾了水面一下,那小圆晕便一圈一圈地荡漾了开去。那边还有飞倦了的几对,闲散地憩息于纤细的电线上,——嫩蓝的春天,几支木杆,几痕细线连于杆与杆间,线上是停着几个粗而有致的小黑点,那便是燕子,是多末有趣的一幅图画呀!还有一家家的快乐家庭,他们还特为我们的小燕子备了一个两个小巢,放在厅梁的最高处,假如这家有了一个匾额,那匾后便是小燕子最好的安巢之所。第一年,小燕子来住了,第二年,我们的小燕子,就是去年的一对,它们还要

来住。

"燕子归来寻旧垒。"

还是去年的主,还是去年的宾,他们宾主间是如何地融融泄泄呀!偶然的有几家,小燕子却不来光顾,那便很使主人忧戚,他们邀召不到那末隽逸的嘉宾,每以为自己运命的蹇劣呢。

这便是我们故乡的小燕子,可爱的活泼的小燕子,曾使几多的孩子们欢呼着,注意着,沉醉着,曾使几多的农人们市民们忧戚着,或舒怀地指点着,且曾平添了几多的春色,几多的生趣于我们的春天的小燕子!

如今,离家是几千里,离国是几千里,托身于浮宅之上,奔驰于万顷海涛之间,不料却见着我们的小燕子。

这小燕子,便是我们故乡的那一对,两对么?便是我们今春在故乡所见的那一对,两对么?

见了它们,游子们能不引起了,至少是轻烟似的,一缕两缕的乡愁么?

海水是皎洁无比的蔚蓝色,海波是平稳得如春晨的西湖一样,偶有微风,只吹起了绝细绝细的千万个潾潾的小皱纹,这更使照晒于初夏之太阳光之下的、金光灿烂的水面显得温秀可喜。我没有见过那末美的海!天上也是皎洁无比的蔚蓝色,只有几片薄纱似的轻云,平贴于空中,就如一个女郎,穿了绝美的蓝色夏衣,而颈间却围绕了一段绝细绝轻的白纱巾。我没有见过那末美的天空!我们倚在青色的船栏上,默默地望着这绝美的海天;我们一点杂念也没有,我们是被沉醉了,我们是被带入晶天中了。

就在这时,我们的小燕子,二只、三只、四只,在海上出现了。它们仍是隽逸地从容地在海面上斜掠着,如在小湖面上一样;海水被它的似剪的尾与翼尖一打,也仍是连漾了好几圈圆晕。小小的燕子,浩莽的大海,飞着飞着,不会觉得倦么?不会遇着暴风疾雨么?我们真替它们担心呢!

小燕子却从容地憩着了。它们展开了双翼,身子一落,落在海面上了,双翼如浮圈似的支持着体重,活是一只乌黑的小水禽,在随波上下地浮着,又安闲,又舒适。海是它们那末安好的家,我们真是想不到。

在故乡,我们还会想象得到我们的小燕子是这样的一个海上英雄么?

海水仍是平贴无波,许多绝小绝小的海鱼,为我们的船所惊动,群向远处蹿去;随了它们飞蹿着,水面起了一条条的长痕,正如我们当孩子时之用瓦片打水镖在水面所划起的长痕。这小鱼是我们小燕子的粮食么?

小燕子在海面上斜掠着,浮憩着。它们果是我们故乡的小燕子么?

啊,乡愁呀,如轻烟似的乡愁呀。

忆法国海滨

◎李金发

　　一个人到了中年以上,无论遇到什么事发生,都油然发生起感叹来,原因是虽然活了不过几十年(已是人生的过半数!),实在看大千世界的形形色色,盛败兴衰太多了。譬如想不到素来以讥笑我们无五分钟热血的法兰西人,不旋踵已饱尝亡国之痛,现在还在叙利亚自相残杀起来;又如一个炙手可热的富商,在都会上建下价值十万元的大厦,有防空壕,有电气冰箱,有收音机,有士刁碧架大轿车,他的狼犬死掉了,也要做一个铜像,放在狗坟上纪念他的忠仆,不幸广州沦陷敌手,琳琅绮丽的别墅,也给狞恶的短手短脚的倭寇占据去了,他不幸在退出的途中患病死了,留下半打的子女娇妻,现在困顿在乡下,过其未亡人清苦的岁月;又如一个轮船上的翻译员,夤缘而为留学生,不出十年做起公使来了⋯⋯这些形形色色,几十年来像走马灯般,在我们眼前一幅一幅地溜过,我们的人生又像一块照相的干片,无数的远景近景,层叠印上,再也分不清楚前后左右,我们阅事已深的人生,就是这么一件东西。

　　上次联军在法国北部败绩,造成敦克尔克的惨剧,我无意中在报上看见有一队残余的战士,在法国北部圣凡拉利顽抗的记载,使我顿然忆起那是我在一九二四年在那里遨游过的地方。展开地图一看,只是像苍蝇粪般一点,一个为人忽视的地球上的一个角落,想不到它亦遭兵燹之祸,回想十七年前的日子,真令人"感慨系之"。

一个克勤克俭的青年,无日无夜地在担心着自己的将来,更没有勇气能力,学暴发户或经济充裕的官费生,或督军的公子到法国南部或圣骒去过豪华的避暑生活,因为同学的怂恿,经过盘算,以用费不超过在巴黎的生活为原则,于是选了距巴黎最近、地图上画得最小的圣凡拉利为目的地。那里距离英伦海峡很近,若能找到一个高峰,也可以像拿破仑或希特拉一样,遥望三岛感喟一下。那里因为没有优美像青岛、浅水湾的沙滩,这是为人见弃的主因,涨潮时,才能游泳,潮落的时候,是一块多碎石的浅渚。那里的水,不是碧绿的涟漪,而是有木叶树枝载浮载沉着的黄泥水。依稀的印象里,仿佛记得有一道人造的长堤,薄暮时,我们常常散步到堤的尽头,谈着笑着,直到海风砭人肌骨才兴尽回去,好像暂时出了人海搏斗之场般安静。

离巴黎不过三点钟火车,距伦敦也不过几个钟头的海程,至今还懊悔为什么那时这样傻,不想到伦敦去观光一下。但人生这样无意造成的傻事多着哩。我住在巴黎五年,还没有登过一次铁塔,那里的房东太太,终身还没有到过巴黎,虽然只有三点钟火车路程。

久困巴黎拉丁区的人,在乡下小住,真有意想不到的趣味。同时我们可以担保不是像一般小布尔乔亚,特地到海滨亲戚家(假如有的话)住几个礼拜,尽量寄一大批的明信片给亲友,表示自己有力量到海滨去避暑。我国人则多装穷,外国人则善夸富,这个人生观的立足点,又是各有一番真理。

我们住在一个市民家里,那房东太太是侍女出身的(姑称

她为太太),因为她服务半生的女主人死后,没有后裔,感于她生平的忠厚,遂将小小的房产送给她,做了天外飞来承继人,这样的例子,在中国恐怕是少见的。她的丈夫亦是做仆役为生的,他不识字,常常为人雇用到十里八里外的贵族别墅中去整理客厅,打扫地毯,有了这个专门技能,所以他们过着恬静的日子。她为我们烧菜,洗衣服,有时我们在门口购得很廉价的虾子,自己没有炒虾仁的经验,房东更不识炒虾仁为何物,所以只能把虾子连皮带壳和面粉炸虾饼,但是吃不上几个,已经厌了,若遇到中国厨师,准可以大显神通了。

　　那里的小螃蟹,真是整千整万,没有人要,若是遇到中国人,安南人,真会如获至宝。(安南人喜欢将小螃蟹,舂成肉酱,然后煮汤,但是那黄青色的外表,显然是蟹肠蟹粪合一炉而治之,其滋补可知了!)当你闲行沙滩上,脚之前后左右,有许多小穴,只是黄豆般大的,有经验的,就知下面是藏着一个螃蟹,若你一不留神,踏着一个穴,在脚底微微地听见破裂的声音,使你知道有一个小生命为你残害了,心头非常难过,或者念一句阿弥陀佛。这些小生物,以它的本能去求生存,在沙滩上,看看有庞然大物的人类行过时,既无石又无洞,它怎样去御敌呢?但见它用爪向地层乱爬,于是身体渐渐地向微湿的砂中隐藏净尽,只留一小孔来呼吸,我常常用脚打地向四周发出恐怖,看它们工作,其味无穷。

　　这里遨游的,多是小市民,小布尔乔亚,没有巴黎的实业巨子,没有红极一时的电影或歌台明星,没有罗曼司,没有一切。但是记得在那里,认得一位慈祥的捷克籍的德国女人,挈着她的女儿,亦来到这为人所忘却的小城市,后来在巴黎还时时来往,她的女儿,居然和一个姓杨的同学恋爱起来,后来怎样结果，也记不清了。说到罗曼司，又想起一个很浪漫的同学，独自一个人到华贵的海滨去避暑，很顺利结识一个女子，居然双栖双宿，也在舞场里溜达，有一天，忽然有一个男人走来说，她是他的未婚妻，怎么他敢与她"厮混"，那个同学怕对方动起武来，连忙说：既然是你的，则你带去。说罢就"两脚打背"，溜之大吉了，这是他自己告诉我们的，可见法国浪漫淫荡的气氛了！

圣凡拉利啊，十七年前，我曾在你瘦瘠的怀中，做过美满的绮梦，梦想过怎样撞破事业的铁栅，怎样攻打名利的堡垒，可是现在我得来的是两鬓发霜，孱弱的心，几乎要停止呼吸。你呢，你也饱经忧患，眼光光看着整千整万的卫国英雄，在你跟前停止气息，我翘首西望，不禁为你长叹一声。

海滨之夜

◎谢冰莹

黑夜,我们三个人在软松松的沙子上走着。

各人怀着不同的心情,静静地向着海边,有灯光的海边走着。风,并不大,可是吹在刚从热得像蒸笼一般的小屋子跑出来的我们身上,简直有说不出的凉爽、舒畅。

一钩新月刚从东边的海底爬出来,光线是这么淡,淡得使人看不出颜色来,要不是荡漾在海水中的月影波光给我们看到的话。

渐渐地走到近海水的浅滩了,这是刚被潮水冲洗过的沙滩,更比刚才走过的要软,要湿。风,一阵紧一阵地吹来,潮水打在石头上,撞击沙滩的声音,是这么洪大而雄壮,这使得我们大叫起来了。

特挺起胸膛,张开嗓子大声叫着,铭先生凝视着海水不住地说:"太好了,太好了!"我,像小麻雀一般,一面跳一面唱着"Moon Night"的歌曲。

我们是这样快活,像判处了无期徒刑的囚犯忽然逃出狱来了一般,一切烦恼、闷热,都消去了,只是毫无牵挂地投入了大自然的怀抱里。我们谁也不管谁,慢慢地踏着如棉般软的细沙一步步前进。

整个的宇宙都浸在静寂里,如果没有风声和海潮的击荡声,你简直要怀疑你走进了死之国,而自己也变成了幽灵。

"不要走远了吧,就在这里坐着看海。"

不知是铭先生走得疲倦,还是没有胆量在黑暗中走路,他一个人站住了。

"不,我们还要前进,一直到有灯光的地方为止。"特坚决地说。

"前进石头太多,地下又湿,很难走,横竖是海边,那里还不是和这里一样。"

"不!我们不管他石头不石头,湿不湿,总之我们一定要前进,走到那有灯光的地方为止。"

"灯光吗?那是一只小船在海上行走,你瞧,我们越前进,它越和我们距离得远了,这样追下去,恐怕追到天亮也赶不上它。"

倒是我的发现,调和了两人的冲突,就在距离游泳池不远的地方,三人一同坐下了。

细沙上是这般软得可爱,好像坐在天鹅绒般的地毯上一般,凉透入骨的滋味,又像走进了水晶宫。我和特都躺下了,只有铭先生还是坐着,他是一位老大哥,生怕弄脏了衣服或者湿气侵害他,使他腰痛,因此无论如何他是不躺的。

没有声音了,我们现在各人在享受各人的快乐,各人在幻想着各人的将来。

"假若有一个机会我能建筑一座小房子在海滨,每天晚上我同二三好友出来散步,看月光和海水拥抱,听海潮和柔风密语,清晨在海边吸收新鲜的空气,看美丽的太阳上升;白天,别人热得要死的时候,我却开了四面的窗子让凉爽的海风吹进来给我看书,倦了,便让睡神带我到甜美的梦境去……一切我都不需要,只要有个机会给我过一下这样的生活,我这一生便幸福了!"

这是铭先生的希望。

"静静地让我躺在这里吧,不要醒来,永远地让我享受像今夜一般的自然美景。这美丽的月亮、洪大的涛声、伟大的海溶化了我的灵魂,什么梦想我都没有,只愿我永远地这样躺着,像今夜一般的,月、海、风,永远地不离开我。"

特是学科学的,但在这一刹那,完全忘掉了他的志趣,存在他脑海中的只有一个尽量地享受自然美景的目的,他愿意紧紧地抓住这一刹那,他愿意这样美丽的夜永远地不灭。

只有我,的确太苦了,一方面我把海潮比成了时代,革命的怒潮正像海水一般,潮来时谁也不能抵抗,它可以扫荡一切障碍,洗净一切龌龊,冲毁一切坚固的堤坝。我爱海,就是因为海的伟大,海水的雄壮,每一个浪花相击的声音,我认为都是生命之力,非但海,而且是人们的生命之力。我是要投身在革命的洪炉中,牺牲在鲜红的血泊里的;可是另一方面,我爱了海的静默,海的温柔和绿的海水的美丽,我愿意在这淡淡的月光之下漫步地走进海里,让雄壮的海涛奏着挽歌,温柔的海风,轻轻地抚摸我浮在碧波上的尸骸,月亮和星星放出慈祥的光辉为我追悼。就这样静悄悄地没有一个人知道,除了月亮、星光、风、海之外,我离开了这苦恼的人间,实现"我的尸骸不愿让任何人看到"的理想。

夜深了,风声渐渐地尖锐起来,海浪的声音更来得洪大了,潮水已涨到了我们躺着的脚下。心里很想实行我的理想。可是旁边还有两个阻碍我的人。

因了铭先生的催促,我们忍心地离别了海,踏着月色,懒洋洋地步上了寂寞的归途。

红海上的一幕

◎孙福熙

　　太阳做完了竟日普照的事业,在万物送别他的时候,他还显出十分的壮丽。他披上红袍,光耀万丈,云霞布阵,换起与主将一色的制服,听候号令。尽天所覆的大圆镜上,鼓起微波,远近同一节奏地轻舞,以歌颂他的功德,以惋惜他的离去。

　　景物忽然变动了,云霞移转,歌舞紧急,我战战兢兢地凝视,看宇宙间将有何种变化;太阳骤然躲入一块紫云后面了。海面失色,立即转为幽暗,彩云惊惧,屏足不敢喘息。金线万条,透射云际,使人领受最后的恩惠,然而他又出来了。他之藏匿是欲缓和人们在他去后的相思的。

　　我俯首看自己,见是照得满身光彩。正在欣幸而惭愧,回头看见我的背影,从船上投射海中,眼光跟了他过去,在无尽远处,窥见紫帏后的圆月,岂敢信他是我的影迎来的!

　　天生丽质,羞见人世,他启幕轻步而上;四顾静寂,不禁迟回。海如青绒的地毯,依微风的韵调而抑扬吟咏。薄霭是紫绢的背景,衬托皎月,愈显丰姿。青云侍侧,桃花覆顶,在这时候,他预备他灵感一切的事业了。

　　我渐渐地仰头上去,看红云渐淡而渐青,经过天中,沿弧线而下,青天渐淡而渐红,太阳就在这红云的中间,月与日正在船的左右,而我们是向正南进行——海行九天以来,至现在始辨方向。

  我很勇壮,因为我饱餐一切色彩;我很清醒,因为我畅饮一切光辉。我为我的朋友们喜悦:他们所瞩望的我在这富有壮丽与优秀的大宇宙中了!

  水面上的一点日影渐与太阳的圆球相接而相合,迎之而去了,太阳不想留恋,谁也不能挽留;空虚的舞台上唯留光明的小云,在可羡的布景前闪烁,听满场的鼓掌。

  月亮是何等地圆润啊,远胜珠玉。他已高升,而且已远比初出时明亮了。他照临我,投射我的影子到无尽远处,追上太阳。月光是太阳的返照,然而他自有风格,绝不与太阳同德性。凉风经过他的旁边,裙钗摇曳,而他的目光愈是清澈了。他柔抚万物,以灵魂分给他们,使各各自然地知道填入诗句,合奏他新成的曲调。此时唯有皎洁,唯有凉爽,从气中,从水上,缥缈宇内。这是安慰,这是休息。这样的直至太阳再来时,再开始大家的工作。

海滩拾贝

◎秦牧

在艺术摄影中,常常看到这样的画面:无边无际的海滩上,一个人俯身在拾些什么;天上飘浮着云彩,远处激溅着一线浪花……这样的画面引人走进一个哲理和诗情水乳交融的境界。

这种情景是很引人入胜的。但是这样的画图,人却不难走到里面去。一个人只要到海滩去拾拾贝壳,就会很自然地变成那种图片里面的人物了。

许许多多的人都有爱贝壳的习性。有些人生活趣味本来很少,但一见到贝壳却会爱不释手,一跑到海滩去捡起贝壳来就往往兴奋得像个小孩。在这方面,似乎我们中有许多人还保持着我们远代的老祖先的审美观念,他们曾经震惊于贝壳的美丽,一致同意把贝壳采用作货币。也许由于爱贝壳的人的众多吧,广州文化公园的水产馆里陈列贝壳的那些玻璃柜旁总是挤满了观众。广州近年还有一间有趣的商店出现,它专门贩卖贝壳和珊瑚。香港也有这一类的商店。因为这样的缘故,现在开到南海群岛去的船只,就不止是运的海味、鸟粪,还有运贝壳和珊瑚的了。

但是从商店里买回来的贝壳,比较自己从海滩亲自捡回来的,风味毕竟不同。无论商店里的贝壳是怎样地五光十色,

实际上比我们在海滩上所见到的，却总要贫乏得多。

凡是有海滩的地方，就有贝壳。但是有些著名的海滩，那种贝壳丰富的情形，却不是一般的小海滩可以比拟的。像海南岛三亚附近渔村一带的海滩，你走到上面去，可以发现每一步都有贝壳，而且构造千奇百怪，用句古话来形容，真可以说是"鬼斧神工"。据到过西沙群岛的人说，那边的情形就更可观了。要找到特别美丽、离奇的贝壳就得到特别荒僻的小岛去。贝壳究竟有多少种呢？这样的题目正像问天上的星、问地上的树、问草丛里的昆虫、问碳水化合物有多少种那样地不易回答。有一些专门收集贝壳的"贝壳迷"，他们像古币迷、邮票迷……收集古币、邮票那样地搜集着贝壳。据说，世界各个角落的贝壳是千差万别的。有一个贝壳迷花了近十年心血，搜集到几千种远东出产的贝壳，而这，在贝壳所有品种中所占的仍然是一个很小的百分比。

令人目迷五色的各种贝壳，有大得像一颗椰子、一顶帽子、一支喇叭的，它们的名字就叫作"椰子螺"、"唐冠贝"、"天狗螺"。也有一些小得像颗珍珠，可以让女孩子串起来做项链的。它们有形形色色的状貌，因此人们也就给起了一些五花八门的名字。像伞的叫作"伞贝"，像钟的叫作"钟螺"，像小扇的叫作"扇贝"，像蜘蛛的叫作"蜘蛛螺"，像髑髅的叫作"骨贝"，还有鹅掌贝、鸭脚贝、冬菇贝等等。有一些贝壳，只从它们的名字就可以想见其令人惊艳的容貌，像锦身贝、凤凰贝、花瓣贝、初雪贝等就是。还有一些贝壳，给人叫作"波斯贝"、"高丽贝"，使人想见古代各国船舶往来，外国商人拿出新奇的贝壳来，人们围观啧啧赞美的情景。种类无比丰富的贝壳，使人不禁想起了一切瓷器的精品。所有歌咏瓷器的诗句，美丽的贝壳都可以当之无愧。像什么"大邑烧瓷轻且坚,扣如哀玉锦城传"啦,什么"雨过天青云破处,这般颜色作将来"啦,许多贝壳的模样和颜色,完全足以传达那种神韵。你细细看海滩上的贝壳,它们有像白陶的,有像幼瓷的,有的像上了釉,有的颜色复杂,竟像是"窑变"的产品。历史家们考据出来:地球上的各个区域,古代的人们日中为市的时代,一般都曾经采用贝壳做过流通手段,当铜和金还在地下酣睡的时候,这些海滩小动物建造的小房子就已经信用卓著地成为人们的良币了。在殷墟里面,和牛骨龟甲混在一起的,也还有贝币,说明三千五百年前这些奇妙的小东西已经普遍被人们用作交易的媒介了。直到今天,我们的文字里,许许多多和价值有关的字,像财、宝、买、卖、赏、赐、贵、贱等等,不写简笔字的时候,都还留有个"贝"字在里头。这情形,使我们想起了古代各洲的人们,在海滩上拾到美丽的贝壳的时候,那种欣赏赞叹的情景。在这方面,好像对自然景物的审美观念,千万代的人类之间,也还有一脉相通之处似的。自然,贝壳不容易损坏,不容易伪造,尤其是使它在人类货币史上占有光荣一席的主要原因。几千年前的贝币,我们今天在博物馆里看到的不是还很完好么?至于这么一种小玩意儿,似乎直到今天,聪明的人类也还未能制造出一枚赝品来。

　　爱贝壳的不仅是初到海滩的人们。渔民和在沿海区域的一切居民,实际上也都是爱贝壳的。从这一点看来,可以说爱美的心理原很普遍。初到海滩的人兴高采烈地捡着贝壳,渔民和他们的孩子们看你那一种发痴的模样儿,也许抿着嘴善意地嘲笑着。但其实他们何尝不拾贝壳呢?只是他们"曾经沧海难为水",一般平凡的贝壳,他们不放在眼里罢了。许多渔民的家庭,其实都藏有几枚美丽的贝壳,当我有一次在海南岛三亚附近的海滩上拾贝壳时,一个渔家老妇笑嘻嘻而又慷慨地说:"来,我送两个给你。"于是她返身登上高脚的渔家棚屋里,拿出一个"小海星"和两枚"星宝贝"来像给小孩似的给了我。也还有一些渔家小孩,看到客人们拾贝壳拾得入了迷,也从他的家里拿出几枚美丽的贝壳让你看看的。一比较,你就知道他们目力不凡,通常的那种粗陶器或者素色瓷器似的贝壳他们是看不上眼的。他们所捡的贝壳都是像髹了上等彩釉的珍品。例如那种"眼球贝",四周一圈宝蓝色或者墨绿色,中心雪白的地方有许多美丽的斑点。类似这样的东西,住在海边的人们才肯俯身去拾起来。

　　海滩上的人们和城市里的贝壳商店,也有把贝壳制成各种用具的。有的人用贝壳做成饭瓢水杓,有的用贝壳做了台灯,还有的人用各种各样的贝壳堆成假石山,有一些贝壳适宜做塔,有些可以做桥,有的可以做垂钓渔翁的斗笠,海南的渔村里就常有这样一些"贝壳石山"出卖,正像农民中有许多工艺美术家一样,这是渔民工艺美术家们的杰作。贝壳的工艺美术,在中国原有很悠久的历史。像"嵌螺钿",那种用精磨过的贝壳,嵌在雕镂和髹漆过的器具上面的工艺美术,在中国已有千年左右的历史。当玻璃还没有大量制造和流行的时候,有一种半透明的叫作"窗贝"的贝壳,已经被人用来代替玻璃。人们用贝壳做各种器具的历史是很悠久的,而且一直盛行不衰,看来这类工艺美术将来还要大放光彩的。最近,粤东又有人用它来制造客厅里悬挂的屏条了,贝壳在这些屏条上给砌成了美丽的字画。

　　我们在海滩的时候,就是不去思念贝壳在人类生活上的价值,也没有找到什么珍奇的品种,我觉得,单是在海滩俯身拾贝这回事,本身就使人踏入一种饶有意味的境界。试想想:海水受月亮的作用,每天涨潮二次,在高潮线和低潮线之间有这么一片海滩。这里熙熙攘攘地生长着各种小生物,不怕干燥的贝类一直爬到高潮线,害怕干燥的就盘桓在低潮线,这两线之间,生物的类别何止千种万种!潮水来了,石头上的牡蛎、藤壶、海滩里的蛤蜊,纷纷伸手忙碌地捕食着浮游生物,潮水退了,它们就各各忙着闭壳和躲藏。这看似平静的一片海滩,原来整天在演着生存的竞争。这看似单纯的一片海滩,内容竟是这样的丰富,单是贝类样式之多就令人眼花缭乱。这看似很少变化的一片海滩,其实岩石正在旅行,动物正在生死,正在进化退化。人对万事万物的矛盾、复杂、联系、变化的辩证规律认识不足时,常常招致许多的不幸。而一个人在海滩漫步,东捡一个花螺、西拾一块雪贝,却是很容易从中领会这种事物之间复杂、变化的道理的。因此,我说,一个人在海滩走着走着,多多地看和想,那情调很像走进一个哲理和诗情的境界。

  当你拾着贝壳,在那辽阔的海滩上留下两行转眼消失的脚印时,我想每个肯多想一想的人都会感到个人的渺小,但看着那由亿万的沙砾积成的沙滩和亿万的水滴汇成的海洋,你又会感到渺小和伟大原又是极其辩证地统一着的。没有无数的渺小,就没有伟大。离开了集体,伟大又一化而为渺小。那个从落地的苹果悟出万有引力的牛顿是常到海滩去的。他在临终的床上说过这样的话:"我不知道世人怎样看我,但我自己却以为我是在未知的真理的大海前面,在海滩上拾一些光滑的石块或者美丽的贝壳就引以为乐的小孩……"这一段话是很感人的。人到海滩去常常可以纯真地变成小孩,感悟骄傲的可笑和自卑的无聊,把这历史常常馈赠给我们每个人的讨厌的礼物,像抛掉一块破瓦片似的抛到海里去。

我抚弄着从海滩上拾回来的贝壳,常常想起的就是这么一些事物……

1959 年

听海

◎王蒙

我相信我的读者都是忙忙碌碌。每天早晨六点钟闹钟就把你们催醒了,一个小时之内你们要进行清晨的清扫和炊事。剩的馒头不够吃早点的,还得排队去买三个炸油饼。小女儿的书包背带断了,她的书包里总是装着那么多东西,你担心——不,你已经发现她的肩胛被书包压得略有畸形。大儿子为找不着适合的扣子而发急。他的"港衫"式样虽然新颖,就是脱落了扣子不好配。这时传来砰砰的敲门声,收电费,两块七角六分,钢镚儿哪儿去了?毛票找不开。然后你们匆匆走出门外,带着月票或者推着自行车。电车站上已经等候着许多人,连过去两辆车都是快车,没有在这一站停,于是候车的人更多了。自行车铺前等候给车胎打气的人也已经围成了一圈。你终于拿起了联结着压缩空气泵和你的自行车轮气门的橡皮管子,空气挤进轮胎时发出了一阵愉快的哨声,而你在考虑上班签到后要做的事和下班后从哪个菜铺子带回茄子或是洋白菜。

　　但是这一次我要带着你逃开这喧嚣、拥挤、匆忙和急躁。让我们一起到大海那边,到夏天的阳光灿烂的海滩,到浓荫覆盖的休养所,到闻不到汽油味和煤烟味的潮润的空气里,到一个你应该把它看作非常遥远、遥远的地方,天涯海角。宋朝的

张世南在《游宦纪闻》中说:"今之远宦及远服贾者,皆云天涯海角,盖言远也。"

前奏

于是我们一道来到了这个五十年代曾经煊赫一时的蟹礁休养所。三十年前,每年夏天这里是外国专家疗养的地方,那时候一般中国人没有谁想到夏天要到这边厢来。它宛如一个大花园,占据着很大的地面,花坛、甬路、果园、人工修剪得齐齐整整的草坪与自然生长的杂草和已经栽植了许多年却仍然露出童子的稚气的青松分隔着一幢一幢的石房子。这些房子的式样虽然各不相同,一个共同特点是每间住房都拥有一个面海的阳台,阳台上摆着式样古旧、色泽脱落、藤条断裂的躺椅,躺在这些往日的藤躺椅上,不论风雨晨昏、晴阴寒暑,都可以看到迷茫的或者分明的、宁静的或者冲动的、灰蒙蒙的或者碧蓝蓝的大海。风吹雨打,夏灼冬寒,潮起潮落,斗转星移,三十多年的岁月就那么——似乎不知是怎么流去了。房屋已显得老旧,设备已显得过时,而在滨海的其他地方,已经盖起了更漂亮也更舒适的旅馆。于是像一个已经度过了自己的黄金时期的半老徐娘,为了生计而降格另字,这所外国专家的疗养所在二十世纪八十年代变成了一个普通的旅游住所,凭身份证明和人民币,只要有空房子,任何个人或者团体都可以住进去。

当然,不管这里住的人是怎样多样和多变,不论他们之间是怎样缺乏了解,那些到这里来旅行结婚的年轻人(似乎也包括一些不那么年轻的人),总是以他和她的焕发的容光、上眉的喜气、美好的衣衫和忘却了一切的幸福感吸引着众人的目光。所有的人都在看到他们以后觉得吉祥、喜悦，都愿意再多看他们一眼。也许他们实际上并不能令挑剔的评判者满意，但是，绝大多数旁观者都觉得这些男男女女都是那样文雅、温柔、漂亮，或者他们已经变得那样文雅、温柔、漂亮。

就拿东四号房间的那一对情侣来说吧，女青年穿着一件玫瑰红色短袖衬衫，一条咖啡色筒裤，她的头发总是保持着那整齐而又蓬松的发型，卷曲的刘海总是那样合度地垂拂在她的额头。这也是奇迹，因为她并没有自带吹风机更没有每天进理发店。而她的脸庞，尽管因为颧骨高了一点而显得略嫌方正，又总是如流光耀目的满月，迸发出青春的光照。而那男青年，显得年龄较大，眼角上时而现出细碎的纹络，虽然穿着有些不太合体，他的崭新的灰派力司套服有点肥，因而，使他的举止显得笨拙，然而，正是这拙笨的举止透露着他的幸福的沉醉。

这一对新婚夫妇整天都在絮语，他们总是并肩走来走去。他们不会游泳，没有见他们下过水，但他们丝毫也不遗憾，因为，在这几天，不仅别人对于他们是不存在的，这大海，这青松和绿柳，这白云和蓝天也是不存在的。甚至在睡觉的时候，在深夜他们也在絮语。放心吧，他们的悄悄话是不会被人听到的，他们每个人所说的无数的话都只为对方一个人听，都只能被对方一个人听见和听懂。甚至当黎明到来以前，当他们终于双双熟睡了的时候，他和她的平稳的呼吸和翻身时的轻微的声响，也是那种不间断的絮语的另一种形式：你——你——你——，爱你——爱你——爱你……

也有百无聊赖的伙计不得不住在这里。例如，总服务台所在的全所唯一的一幢三层楼的二楼7室，住着三个汽车司

机,他们不是来疗养,而是为疗养者开车的。在不用车和不修车的时候,他们把全部时间用在打扑克上。他们有一副带花露水味儿的塑料扑克牌,他们总是能在三缺一的形势下找到一个愿意充当那个"一"的有空闲的女服务员。他们玩牌的时候非常认真,脸上挂着的是比开着一辆大连挂卡车穿过一道窄桥时还要严重(我几乎要用肯定无法被语文教师批准的"悲愤"这个形容词了)的表情,并且随时监督着对方的言行,时时爆发出对于对方不守玩牌规矩的指责从而引起激烈的争执。当争执得牌无法再玩下去、快要不欢而散、快要伤和气的时候,女服务员改为为这三个司机分别算命。虽然每个女服务员的算命方法与每个司机每次算命的结果大不相同,但算命总是能导致和解与轻松愉快。他们有一个纯朴、豁达、无往而不胜的逻辑:当算出好运来的时候,他们欢欣鼓舞,得意扬扬,当算出厄运来的时候,他们哈哈大笑,声称他们能混到今天这个模样已经超出了命运所规定的可能。"我已经赚了!"他们说,心情确实像一个刚赚了一笔、更像是刚刚白捡了一笔钱的人。于是,前嫌尽释,余火全消,亮Q,调红桃,甩副,抠底,"百分"会有声有色地打下去,直到深夜,没有人想睡。

　　有那么一些人,他们认为只有他们才有资格到海滨来,他们是海的朋友,海的仇敌,海的征服者。不论天好还是天坏,浪低还是浪高,他们总是穿着游泳衣,尽情地裸露着健康的肌肉与黝黑的皮肤,迈着大步走向海滩,把毛巾或者浴巾熟练地挂在塑料板搭起的凉棚之下,做几次腹背运动之后满不在乎地走入大海,像走入专属自己的世袭领地,像扶鞍跨上专为自己备的爱马。如果浪不够大,他们愿意用自己的手与臂去激打海面、激扬浪花。"这儿太浅了!"他们常常在近海的地方带着一种睥睨万物的神气发出抱怨,对那些抱着救生圈、拉着亲友的手,怕水因而丑态百出的初学者正眼不看一眼。嗖、嗖、嗖几次挥动手臂便爬泳游出了五十米,或者是刷、刷、刷,蝶泳,发亮的上身冒出来又沉下去,在四周羡慕的目光中把众人甩在后面。然后,他们更换了一个比较省力的姿势,比如仰泳,舒舒服服地摊开了四肢,躺在浩渺的海波上。

我不要海岸,我不要陆地!也许当这些弄潮儿仰卧在大海上的时候他们体会到的是这种力求摆脱负载他们、养育他们的陆地的心情。建立了繁忙的与稳定的、嘈杂的与惬意的生活的陆地,也许在某一瞬间显得是那样呆滞、沉重、拥塞。哪里像这无边的海洋,哪里有这样无限的波动和振荡,哪里有这样无边的天空,哪里有这样无阻隔的进军与无阻挡的目光!哪里有这种投身于无限悠远的宇宙的小小躯体里的灵魂的解放!

更不要说防鲨网!对于他们来说,泳道的零点是在防鲨网外的那个地方,从防鲨网到海岸,这是负数的延伸,而只有突破了防鲨网之后,爱恋海与战胜海的搏击才刚刚开始。他们不怕鲨鱼吗?当然怕,人无法匹敌鲨鱼的闪电般的速度与锯齿一样的尖牙,但是,只要不敢离开防鲨网,哪怕这网特大、从海岸拉出了五百或者一千米,他们就体会不到那种畅泳的肉体的与精神的欢愉。

而当疲倦的时候,开始感到了自己的衰弱和渺小的时候,当终于发现不仅对于一个游者,而且对于一个核动力舰艇,海洋仍然是太大、太大了,而这种豪迈的或者冒险的冲动本身又成了新的负载、成了新的自我束缚的时候,你开始感到防鲨网的必要与陆地的亲切了。不论你开始畅游的时候如何勇敢,如何英雄,如何不可一世,但是,当你尽兴地游完了之后,当你回到住所,洗过淡水澡,用干毛巾擦热了身体,端起一杯热茶或是点起一支香烟的时候,你大概会说:"还是地上好!"你的主要的收获也正在于这样一个结论:"还是地上好!"

当然,我们也不能忘记西院12室的那几个胖子,螃蟹和啤酒,有时候再加点老白干,这就是海滨的活神仙的日子!他们来了没有几天,已经精通了这里的蟹与酒。上午逛螃蟹市场和酒铺,下午他们可以饮一个下午,吃一个下午,剥一个下午,聊一个下午,不要以为他们是饕餮的庸人,他们的这种吃喝,不过是一种休息的方式。并不是每一个人都受过游泳的训练,更不是每个人都有轻便的橡皮船,就这样喝着啤酒掰着蟹腿轻松一下吧,他们当中可能有老工匠师傅,有中层干部,也有学者和艺术家。你没看见么,那个又矮又黑的短脖子的小胖子,每天吃饱喝足了以后都要拿出稿纸,苦苦沉吟,写下一行又一行、一篇又一篇的抒情诗。他的诗与他叉开腿吃蟹时的形象完全不同,纤细,俊秀,轻柔,如泣如诉,如怨如慕。

让我们暂时离开一下他们吧,他们各有各的乐趣,每个人都不想用自己的乐趣去换取别人的乐趣,他们对别人的快乐也并不眼红。

有一个人在这一群津津有味、善于生活、自得其乐的人群当中显得很扎眼。这是一个枯瘦的老人,步履蹒跚,而且,是双目失明的。他的眼珠外观是完好的,却又是呆滞的、没有反应的。有一个十一二岁姑娘陪伴着、搀扶着他,也许只有八九岁。这几年,人们的营养不断改善,女孩们的发育似乎越来越快了,她有一双明亮的、东张西望的眼睛,她瞧瞧这又瞧瞧那,好像这海边一切让她看花了眼。但不论瞧什么的时候,她最关注的仍然是盲老人。枯瘦的盲老人出现在快活的疗养者与旅游者当中,好像是为了提醒乐而忘返的人们不要忘记韶华的易逝与生命的限期。由于爱的沉醉,泳的振奋,蟹的肥美,牌的游戏与诗的富丽而微笑着或者大笑着的人们,一见到他那满脸的纹络、凝固的目光和前倾的身体就会变得霎时间严肃起来。他引起来的是一种凭吊乃至追悼的情绪。只有他的那一头银发,虽然白到了底,却是发出了银子般的光泽,显示着他的最后的,却仍然是丰满充溢的生命。

"我来听海。"他常常这样说,有时候是自言自语,有时候只见嘴动,不见出声,有时候,他是回答那些善意的询问:"老大爷,瞧您这岁数了,又看不见,大老远的上这地方来干什么呀?"

听虫

他首先听到的不是海啸而是虫鸣。他和他的孙女(谁知道那是不是他的孙女呢?让我们姑且这样说吧)他们搭的那趟到海滨来的车误了点,乘客们到达的时候都感到疲劳、饥饿、困倦。到达了蟹礁休养所东18室以后,吃了一点路上吃剩下的干馒头,老人说:"要是多带一点咸菜就好了。"女孩子说:"要是早到一点就好了。"

他们共同叹息,叹息以后便像吃了咸菜一样地平静。"孩子,你睡吧,你困了!"

"不,我不困。您呢?"

"我,我也要睡了。"

然而他没有睡,估计女孩子睡着了以后,他站了起来,轻轻地听着,摸着,辨别着,他找到了并且谨慎地打开了通往阳

台的门,十秒钟以后,他已经坐在藤躺椅上了。

温柔的海风,没有月亮,只有星星。用不着计算阴历,他的皮肤能感觉月光的照耀。那是一种奇妙的感觉,在晴朗的月夜,他会感到一种轻微的抚摸,一种拂遍全身的隐秘的激动,甚至是一种负载,他的皮肤能觉察到月光的重量,然而今天,什么都没有,只有空旷,只有寂静和洁净,只有风。

不,不是寂静,而是一片嘈杂。当心静下来的时候,当人静下来的时候,大自然就闹起来了。最初,老人听到这四处虫鸣,他觉得这虫鸣是混乱的、急骤的、刺耳的。像一群顽皮的孩子在哄打,像一群放肆的少女在尖叫,像许多脆弱的东西在被撕扯,霎时间他甚至想捂上耳朵。不知怎么的,这吵吵闹闹的声音渐渐退后了,他开始听到"沙——沙——"声,这威严而遥远的海的叹息,它也和我一样,老了吗?

抖颤,像一根细细的弦,无始无端,无傍无依。像最后一个秋天无边的一缕白云。他看不见白云已经有二十多年了,所以那最后一缕白云永生在他的已死的目光里。还有深秋的最后一根芦苇,当秋风吹过的时候,不是也发出这样的颤抖吗?该死的这只小虫啊,刚才,怎么没有听出你的声音呢?你是从哪里来的呢?你为什么要在这里,在永恒和巨大的海潮声中,发出你的渺小得差不多是零的颤抖的呼叫声来呢?

说也怪,为什么当沉闷的、古旧的、徐缓的潮声传入耳鼓,成为遥远的幕后伴唱以后,这虫声便显得不再凌乱了呢?叮、叮、叮,好像在敲响一个小钟,滴哩、滴哩、滴哩,好像在窃窃私语,咄、咄、咄,好像是寺庙里的木鱼,还有那难解分的拉长了的嘶——嘶——嘶,每个虫都有自己的曲调、自己的期待和自己的忧伤。

"在大海面前,他们并不自惭形秽……"他自言自语,说出了声。

"你说什么？老爷爷!"是那个小女孩子,她醒了。她吱地推开了门,来到了老人的身边,"您怎么还不睡？"

"你怎么光着脚？洋灰地,不要受冷……"失去视力的老人,却凭着自己精微的感觉作出了准确的判断,他咳嗽了一声,他有点不好意思——不该因为自己的遐想而扰乱女孩子睡眠。年轻人都应该是吃得香、睡得实、玩得痛快、干得欢的。"我是说,这虫儿的声音是这么小,"老人抱歉地低声解释着,"但是它们不肯歇息,它们叫着,好像要和大海比赛。——你听见海潮的声音了吗?"

"老爷爷,您说什么呀？这虫儿的声音可大啦!吵死啦!哪里有什么海的声音？呵,呵,我听不清,哪有这些虫儿欢势呀! 它们干么叫得这么欢啊?"

"睡吧,孩子,睡吧,这虫子吵不着你吧?"

"睡着了就不吵了,睡醒了就吵。"停顿了一下,小女孩补充说,"反正比城里卡车在窗户口经过时候的声音好听……"

他们进屋去了,老人的头枕在自己弯曲的手臂上。好像是刚才推门的时候把虫声带进了屋子,只觉得屋顶上、桌子下面和床边都是虫声,特别是那个抖颤得像琴弦又像落叶又像湖面涟漪的虫声。这时候,一弯下弦月升起了,照进了旧纱窗,照在了他的托着银发的胳臂上。他谛听着虫鸣,只觉得在缥缈的月光中,自己也变成了那只发出抖颤的嚁嚁声的小虫,它在用尽自己的生命力去鸣叫。它生活在草丛和墙缝里,它感受着那夏草的芬芳和土墙的拙朴。也许不多天以后它就会变成地上的一粒微尘,海上的泡沫,然而,现在是夏天,夏天的

世界是属于它的,它是大海与大地的一个有生命的宠儿,它应该叫,应该歌唱夏天,也应该歌唱秋天,应该歌唱它永远无法了解的神秘的冬天和白雪。他应该歌唱大海和大地,应该召唤伴侣,召唤友谊和爱情,召唤亡故的妻,召唤月光、海潮、螃蟹和黎明。黎明时分的红霞将送他入梦。妻确实是已经死了,但她分明是活过的,他的盲眼中的泪水便是证明。这泪水不是零,这小虫不是零,他和她和一切的他和她都不是零。虽然他和她和它不敢与无限大相比,无限将把他和她和它向零的方向压迫去,然而,当他们走近零的时候,零作为分母把他们衬托起来了,使他们趋向于无限,从而分享了永恒。在无限与零之间,联结着零与无限,他和她和它有自己的分明与确定的位置。叫吧,小虫,趁着你还能叫的时候。

海潮停息了,退去了,只剩下了小虫的世界。

"走,走,快点!"女孩子说着梦话,蹬着腿。

安宁,微笑,短促的夏夜。

天快亮的时候,虫儿们安息了,小鸟儿们叫了起来,它们比虫更会唱歌。虫的世界变成了鸟的世界,然后是人的世界。

听波

第二天晚上他们来到了海边沙滩上,女孩子在沙上铺了一条床单,盲老人便躺在床单上。女孩子一会儿坐在老人身旁,一会儿站起身来,走近海,一直走到潮水涌来时会淹没脚背的地方。水涌过来,又退去了,她觉得脚下的沙子在悄悄地下沉,一开头她有点害怕,后来她发现沙子下沉得不多,即使在这里站一夜,海水也不会没过她的膝盖,她便放了心。

这海水的运动为什么一分钟也不停呢?她想。

风平浪静,老人听到的是缓慢、均匀、完全放松的海的运动。噗——好像是吹气一样地,潮水缓缓地涌过来了。沙——潮水碰撞了沙岸,不,那不是碰撞,而是抚摸,爱抚,像妈妈抚摸额头,像爱人抚摸脸庞。稀溜——涌到沙滩上的水分散成了许多小水流,稀溜稀溜地流回到海里,发出山涧似的清幽的响声。

"海水轻吻着,祖国的海岸线,夜雾笼罩着海洋……"

五十年代,他正值壮年,他听过年轻人唱这首索洛维耶夫、谢多依作曲的《我们明朝就要远航》。他说不上非常喜欢这首歌,过分的抒情会降低情的价值,粗浅的歌词也流于一般。但是今天晚上,他想起了这首歌,想起了自己的壮年时代,他仿佛看见了轻吻着海岸线的海水和笼罩着海洋的夜雾。他仿佛看见了水头形成的一条散漫而温柔地伸展变化着的边线。

"这是一首好歌。那时候是我自己太忙了。"

"您说什么?"小小的女孩子总是能敏锐地觉察到老人情绪的变化,发现了变化,就关心、就问,哪怕是在梦里。

"我说一首歌。"

"一首什么歌?"

是的,一首什么歌儿呢?老人没有说,她的年龄是不会知道这首歌儿的,她的年龄也不适宜于听到"轻吻"这种字眼,虽然那里说的只是海与海岸。

"就像现在的海,平静的,安安稳稳的。"他含糊其辞。

"不,老爷爷,海可不听话啦,它把我的裤腿都打湿啦。"

"那你过这边来,到这边坐一会儿,"说着,老人也坐起身

来了,"别老离海那么近,别让一个大浪把你卷下去……"

"没那事,老爷爷……"她说着,但不由拨脚后退了。

"您给我讲点您小时候的事儿吧。"女孩子说。

于是,老人开始讲:"我想起了我的孪生哥哥,你知道,我们是双胞胎,我们俩长得一模一样。噢,当然,你不知道,他早就没有了。

"1943年,他死在日本宪兵队,噢,你们这些孩子啊,你们也不知道什么是日本宪兵队啦。"

"老爷爷,我们知道,"小女孩有点撒娇,觉得老人太瞧不起她了,"'报告松井大队长,前面发现李向阳……'松井大队长就是日本宪兵队,对吧?我们看过《平原游击队》。"

"那好极了。我记得我们五岁时候打过一架,有一天早晨起来,我说我做了一个梦,梦见我骑着大马,大马是红色的。他接着我的话茬说,他也做了一个梦,梦见他骑着大马,马也是红色的。后来我就不干了,我就伸手打了他。我虽然比他小四个多小时,但是每次打架都是我先伸手,我总是敢下手。可这次他也急了,我们两个抱在一起,又抓又咬又撞又踢,我们的妈妈拉不开我们,就用鸡毛掸子的杆儿在我们中间抽。我把他的鼻子打出了血……"

"老爷爷,那我说是他不对,他干么跟您学,您做什么梦他也做什么梦……"

老人不言语了,和解是困难的,在七十多年以后,一个全然无关的小女孩子仍然要介入他们儿时的纠纷,评判个谁有理谁无理。但他现在不这样想,他没有理由判定他的不幸的孪生哥哥有错,他没有权力不准他的哥哥和他做同样的梦,也没有权力不准哥哥称自己是做了同样的梦。所以,他不应该动手,不应该把哥哥的鼻子打出血来。他倒是愈来愈相信,他的哥哥确实硬是做了同样的梦。

"没——啥——啦——没——啥——啦——"海说。

"如果有海一样的胸襟……"

"您说什么?"

"我说如果有海一样的胸襟……什么是胸襟,你知道吗?"

"语文老师讲过。可我还是不知道。"

"我说的是二十年前的事,那时候也还没有你。我们那里有一个夸夸其谈的人,他总是利用一切机会谈他自己,不论开什么会,他一张口就是我、我、我,自吹自擂,自己推销自己……我不知道我为什么那样讨厌他,其实他有他的可取之处。后来他离开了我们那里,这和我有一点关系。我为什么那么不能容人呢? 如果有海一样的胸襟……说这些干什么,你不会明白的……"

"我明白,我们班有一个同学,外号叫'多一点',我们说她'自大多一点',臭美。每次考试吧,你只要考的比她多一分她就噘嘴……结果上学期她语文期终考试只得了八十三分,把我高兴坏了……"

"不,这是不对的,孩子,不应该幸灾乐祸……"

小孩离开了老人,她不高兴了。

天空是空旷的,海面是空旷的,他不再说话了,他听着海的稳重从容的声息,他感觉着这无涯的无所不包的世界,他好像回到了襁褓时期的摇篮里。大海,这就是摇篮,荡着他,唱着摇篮曲,吹着气。他微笑了,他原谅了,他睡了。他说:

"对不起。"

听涛

　　离海岸不远的地方,这里是几块黑色的奇形怪状的岩石。说不定,在浪大潮高的时候,这些岩石会全部隐没在大海里。然而多数情况下,它们会将它们的被烈日、狂风、浓咸的海水、交替的昼夜与更迭的酷暑严冬所锻炼、所捶击因而触目惊心地断裂了的面孔暴露在外面,而把它们的巨大、厚重、完整、光润的身体藏在水里边。人们把这一堆岩石叫作"黑虎滩",说是把它们联结起来会出现一头黑虎的轮廓。其实,看出它们像一头黑虎并无助于增加它那四不像的形状的严冷雄奇,关于一头黑虎的勉强的猜测只能使人泄气,明明是愈看愈不像虎嘛,它本来就什么都不像嘛!它不是任何亦步亦趋的模拟,它只是它自己。

　　现在,请你们和小说的主人公一起来到这几块石头中间的最大的一块石头上。困难在于,石头与岸并不相连,中间有海水的沸腾。这对于你们读者中的多数是并不困难的,你们可以数着石头过海,正如俗语说的,摸着石头过河。你们可以蹚过去,水不会有多深的。然而,我们的盲老人将怎样跨越在今夜的大风里翻腾咆哮、深浅不明的这一条水呢?

　　不管怎么说,他已经过来了,他坐在一块凸起的大石头上,陪同他的小女孩子站在他身旁。她欢欣若狂地呼喊着:

　　"好啊!多么好!一下,又一下,又一下……"她数着浪花的冲激,"老爷爷,现在四面都是海了,咱们跑到海当间来了,就咱们俩……又一下,这一下可棒啦!"

　　老人微微笑着,他知道小女孩所谓的"海当间"是太廉价了。离岸只有两公尺,就能算是海的当间吗?但是他的听觉告诉他,四面都有浪花,这是真的。浪花打到岩石上,是一种愤怒击打的嘭嘭声,一种决绝的、威吓的、沉重的击打。哗啦啦……他仿佛看到了大浪被岩石反击成了碎片、碎屑,水与盐的最小的颗粒盲目地向四面迸发。唰啦啦,走完了自己在夜空的路程的水与盐的颗粒跌跌撞撞地掉落下来,落在石头上,落在他的身上,落在海面上。嚯嚯啾啾,窸窸窣窣,叮叮咚咚,这是曲折宛转但毕竟是转瞬即逝的细小的水滴声与水流声。"又失败了。"老人听着这雷霆万钧的大浪的撞击声和分解成了无数水滴和细流的无可奈何的回归声,他觉得茫然若失。他知道在大浪与岩石的斗争中大浪又失败了,它们失败得太多、太多了,他感到那失败的痛苦和细流终于回归于母体的平安。

隆隆隆隆——嘭,好像是对于他的心境的挑战与回答,在细小的水声远远还没有结束的时候,新大浪又来了。它更威严,更悲壮也更雄浑。因为他现在听见的已经不是一个浪头,而是成十成百成千个浪头的英勇搏击。大海开了锅,大海冲动起来了,大海在施展她的全部解数,释放她的全部能量,振作她的全部精神,向着沉默的岩石与陆地冲击。

这么说,也许大海并没有失败?并没有得到内心的安宁?每一次暂息,大海只不过是积蓄着自己的力量罢了,她准备的是新的热情激荡。

哗啦啦——唰啦啦,不,这并不是大浪的粉身碎骨。这是大海的礼花,大海的欢呼,大海与空气的爱恋与摩擦,大海的战斗中的倜傥潇洒,大海的才思,大海的执着中的超脱俊逸。

嚯嚯啾啾,窸窸窣窣,叮叮咚咚,不,这不是嘤嘤而泣,这

不是弱者的俯首,而是返老还童的天真,返璞归真的纯洁,这是儿童的乐天与成年的幽默,这更是每一朵浪花对于他们的母亲——大海的恋情。正是大海鼓起了这平凡而且并不坚强的水与盐的颗粒的勇气,推动他们用自己渺小的身躯结合成山一样的巨浪,进击,进击,一浪接一浪地进击。当他们遭到一时的挫折以后,他们能不怀着壮志中的柔情,回到母亲的胸怀里,休养生息,准备着再一次的组合与再一次的波涛吗?

"孩子,你说海浪和石头,哪一方胜利了呢?"这次是老人主动地问女孩子。

女孩子没有立刻回答,老人知道了,女孩子的心不在他的问题上边,他觉得抱歉,不该打搅女孩子自己对于海的观察和遐思。

"老爷爷您快看,远处有一只大鸟在飞,它的翅膀好大哟!——天都黑了,它怎么还在飞呢?"

女孩子让老人"快看",这并不使老人觉得惊奇,他们之间说话的时候并不避开"看"这个字。他回答说:"它不累,那只鸟不累。你说是不是?"

然后女孩子想起了刚才老人的问题,"您说什么?哪一方胜利了?谁知道呢?反正石头挺结实,大海挺厉害,真结实,真厉害呀!反正总有一天这些石头也会冲没了的,您说是不是?老爷爷,我想将来就在海上,要不我当海军吧……要不我驾一条船……要不我就在海上修一所房子,修一个塔,修一个梯子,您跟我在一块儿吗?"

"是的,我永远跟你在一块儿,不跟你在一块儿,又跟谁在一块儿呢?"

老人静静地重新躺下了。谁都不知道这一老一小这一天晚上在这一堆石头上待了多久。

尾声

几天之后,一辆大轿车从蟹礁休养所出发,离开海滨疗养地向人们所来自的那个城市驶去。你们所熟悉的那对新婚夫妇仍然在温柔地絮语,汽车司机却无法打扑克了,因为在开车的时候他不能老想着红A,他大声呵斥着不肯让路的赶马车的农民,显示着一种城里人、开车者的优越感。游泳健儿的脸比初到这里时黑多了,而且油亮油亮的。他们穿着短袖线衫,露出了胳臂上的肌肉并且挺着胸脯。他们说话的声音很大,"五千米","一口气","从来不抽筋",旁若无人地说着这些词儿,甚至性急地谈起:"明年夏天咱们到哪个海?"耽于饮食的可爱的友人们当中有一位愁眉苦脸,面色蜡黄。你猜得对,为嘴伤身,他吃得太多太杂了,正在闹肚子。

这位老盲人与那位女孩子也坐在这辆车里,老人面色红润,气度雍容。下车的时候,他竟没有让女孩子搀扶他。莫非他并没有完全失明吗?他走路的样子好像还看得见许多东西。

海岸之夏

◎洪素丽

海岸之夏、大满潮泛溢之夏……

涨潮。

清晨四时。潮水进袭高潮线后，转身开始撤退。这是月圆后第二天的大满潮。海水温度比白天温差只有两三度而已，一个温暖而骚动的夜。因为这是很多的栖生物产卵的热夜。数千种贻贝不约而同在海岸线上产卵，母贻贝释放百万颗卵粒，流入海水中，使海水浓稠起来。公贻贝在这卵流上注入精子，精子围绕卵细胞用力压挤，只有一个精子能进入一个卵细胞成为受精卵。受精卵不久即分裂成多细胞的小球体，浮游海水中，其中大部分被高一级的消费者吃掉；幸存的长了软壳，经数次脱壳，穿行于潮线下茂美的海草丛林间，优游长大。

月圆的夏夜，生命以最大的速度繁殖滋长。刚掘沙挖穴产卵的母马蹄蟹，筋疲力尽地趴在沙上喘息。马蹄蟹是一种活化石，幼虫时期类似寒武纪的无脊椎动物三叶虫。它属于节肢动物门，但不属于蟹类，反而和蜘蛛才是同一类，虽然它像蟹一样有盾牌般的外壳。在寒武纪时代它已在海岸线上占一席之位了。它身穿草绿军服似的大壳，最大的有小脸盆那么大,后面拖一条硬壳尾巴,结集伏在沙岸潮汐区时,正像一群装甲部队。

高潮线上攀附岩石的蓝藻,此时因为溅泼到两周一次大满潮时飞跃上来的浪沫,显得潮湿而温润,在满月下,现出黑亮柔蜜的光泽。蓝藻是海岸线上最古老最简单的生物造型,它见证了海岸线最初的生命形态,了解水栖生物怎么上了陆,黑鲸又怎么泅回海洋,在哺乳动物得到大发展之后。

潮间带的过滤觅食群(Suspension Feeder),如藤壶、蓝贻贝、牡蛎、西施舌、文蛤、管虫,涨潮是它们的进食时候。它们打开壳盖,任海水涌入,以细足纤毛,扫进浮游生物,过滤海水排出体外。涨潮时期是它们生命的活跃期。底栖的干贝,此时也张开它那扇形的贝壳,过滤海水的咸涩滋味。它张壳的形状,正如一副牙科医院内陈列的假牙齿,在浅海的沙地上边进食,边缓慢行走。

过滤潮水吃浮游生物的海岸生物,有强烈的群聚性,数目也多。岩岸上满布岩面的藤壶,密密麻麻,几乎要重叠,没有一点空隙,把岸石面遮得满满,使整个岩岸滩呈石灰白色,正如台北市山郊的坟场。蓝贻贝则群聚在泥泽岸上,紧密吸聚成一群落一群落的黑色崎岖地,使泥岸呈一片苍黑色,人走在泥滩上时,简直没有一处可落足的空隙了。

常像一截截牙膏般挤在空贝壳上的管虫,分泌细管状的石灰质把自己藏于管中,一支支歪歪扭扭的小管纵横叉列,互相重叠黏结,便是管虫社区了。首尾看得出中空的管道,涨潮时,管虫把冠状触须伸出管外,滤食浮游生物。触须如鱼鳃,也是管虫的呼吸器官,吸取水中的溶氧。管虫在管室中孵卵成胚胎,在上弦月或下弦月的最低潮时期,将胚胎幼虫挤出管外,再重新孵卵两个礼拜。

潮水急速在降落。过滤觅食的生物群——关上门户,把活力与大海排拒到壳外去。天蒙蒙亮了。

海鸥群活跃起来。它们粗声叫嚷,三种常见的海鸥:大黑背羽鸥、珠嘴鸥及黑脊鸥,是海岸线普遍的掠食者。它们飞在海上,自水面咬住一只正在浮沉的贻贝、一只彷徨的鱼或一只大意的蟹。它们有时张口一下,把食物落水洗一下泥沙,再一口咬住。有壳的贻贝蟹前夜下的绿色卵团。时间上算得这么准确,令鸟学家惊愕不已。这些卵粒被岸鸟狂飙般扫掉几天后,亦无灭种之虞,因为卵下得太多了。生物界有其自我平衡的秩序与规律在。

这是一个逐渐发热的夏日之晨。热气自陆地蒸腾上空,和海洋的冷气团相遇,形成冷热气对流层。鱼鹰驾着这股气流出现在海岸线上空。它在离海面十至三十公尺的空中,以超绝的眼力,盯住水中的鱼,看好目标后,以迅雷不及掩耳的俯冲姿势快速猛栽下来,打入水中,双足攫住鱼!黏滑的鱼身极力挣扎,总是徒劳无功;鱼鹰有尖锐钩弯的大足爪,牢牢抓住鱼,带至附近树桩上,或几哩外的巢中去,以一足压住鱼,尖刀般的利嘴,简易地撕开鱼肉,一口一口吞吃掉。

海岸线的沙岸连绵如一条沙河,上面密布了岸鸟。五六月间出现的,还是向北移栖的过境岸鸟。六月沉寂了一阵。到七月第二个礼拜,重新结集的岸鸟,则是从北极南下的早批迁移鸟了。亚热带的台湾海岸线,则迟至八月才出现较多族群的南下岸鸟。和北美海岸线大概相差两个礼拜左右。这种比较很有趣,可以看出岸鸟在北极圈内外繁殖后,辐射状地向北半球低纬度地区扩散,几乎是有统一的秋季迁移时刻表。

同一纬度地方,它们差不多同时出现,依次依着纬度的递减而顺移南下的时差。

半蹼鹬黄嘴黄足,嘴尖晕黑,颈胸上一条黑色环带。鹬科的鸟总是直立身子跑几步,那蟹,就抛下岩石上,再一冲而下衔去碎了壳的软肉。这一张一合中,即使只是一秒间的距离,食物也常被另外的鸥劫掠而去,引起更大的追逐与吵闹。

昏黄的黎明斜光一寸寸抽长,晨光转换如舞台变调的光谱,转眼间,一切玫瑰红粉蓝明黄的粉彩色调全部褪尽,大地大放光明了!

潮水一伸一缩,在海岸上进退交替,百折不挠。但明显地,潮浪一次比一次在消沉下去。在涨潮中直立摇摆的藻荇海草,随着潮退,一批又一批地倾倒下去,彼此纠缠瘫痪在岸滩上,或垂挂在岩块边。颜色是褐红、鲜绿、透明琥珀色,或土黄色。长长的昆布海带,则如一条缩水的皮带,涸竭在岸上。堆积物觅食群(Deposit Feeder)在低潮的潮间带冒出头来。有招潮蟹、海胆、饼海胆、海参、蠕虫⋯⋯它们吃沙,在泥滩或沙岸边缘移行,掏沉积物吃沙中的微生物。猎食性的贻贝群(Predators)也很活跃,凶猛的蓝蟹吃小贻贝,油螺月螺吃小文蛤,马蹄蟹吃文蛤和蠕虫。第四类的海岸小生物,是腐食性觅食群(Scavengers),像海岸线的清道夫,专吃动物尸体。腹足类的蜗牛,是其中代表。沙跳虫也靠腐物维生。

海岸线从浮游生物到觅食消费群的食物链外,鸟类是高一层的消费者。常常在春夏间大满潮之夜,马蹄蟹大批集结产卵后第二三天,岸鸟即分秒不差地集体驾到,大嚼马蹄,猛啄一口地上的小虫等食物;不像鹬科鸟要时时刻刻低头寻食。那是因为它的大而明亮的眼睛,有类似鹰科鸟的功能,直立站

着眼睛也能四面八方地看,地上小虫蠕动逃不出它的视力范围。

半蹼鹬和半蹼鸻一样,足趾间有半片的蹼,使它们可以轻蹈苔菌漂浮的浅水面,像"凌波仙子"一样,半蹼足踩着浮萍,凌水走动,不会落水,也不必涉水。踏轻功的俏小轻盈体态,在沙岸上奔跑时,仿佛风吹沙一般脚不着地。半蹼鹬穿梭在立足作短暂休息的鸥鸟与加拿大鹅的腿柱间,不停地作短跑,到处啄食,有如树干下追逐嬉戏的孩童。

十时左右,半个早晨过去了,水位降至最低潮。戴着斗笠般的石蜮(笠螺)爬行在裸露的、发烫的岩壁,刮取菌藻吃。王黍螺跋涉浅草区,攀附在岩草上,像累累的海生果实。岩草庇护它,也供应它大海带来的源源不绝的食料。

太阳火力不断加强。海风荡然长驱直入一无遮拦的海岸线。三种燕鸥——小燕鸥、普通燕鸥、佛斯特燕鸥,夹黑头笑鸥,上百只集汇。笑鸥叫声像酒鬼的狂笑,哈哈哈哈,鼻音很重的迟钝的声音。燕鸥叫声比鸥叫细碎急促,它们不停地大呼小叫,飞上飞下,银白灿亮的羽翼闪烁在蓝天下,晴美的白沙海岸地带,是低潮海水拍岸的低吟声,间杂燕鸥群浩大的混声合唱。

夏日是生物界对生命意义的尽情阐扬:要觅食、要吃饱、要交配、要繁衍、要育雏、要完成生之圆周、要储延后代……夏日对于生界中各种自低等至高等的各级生命现象,都公平地给予一个完满的交代。

便是安静的腔肠动物——月水母,也不例外。它们在夏季的海岸地带,成群漂浮,仲夏的夜里,它们在水上凝曳成一条光带。低潮的日中,它们被遗落在岸滩上,一团一团如半透明的鼻涕,等待下次高潮的水,把它们再撑持起来,成一只水上降落伞。母月水母在夏季已携了成熟的卵孵出的幼虫,等待夏末秋初时,幼虫才脱离母体,沉入海底附着在那里。明春幼虫会像碟子般浮上水面,受潮水摆布,一如它们的父母辈;到秋天遗下幼虫后,它们生命即告终。

过了午时,潮水已移到中潮线了。潮浪不停加重力量打击曝晒大半日后干缩的藻叶,使它们重新站立水中,复活起来。结节海草与气泡海草,在分叉叶片上都有结痂般的圆疙瘩,里面充满气体。随着潮来浪浮,海草舒展开茎叶,随水流的韵律,曼妙款摆。

岸鸟移到高潮线,立一只足,打盹。不然就群飞到内陆潟湖或水池沼岸去。潮水固执已意地往潮线上爬升。沙丘上的海滨草在风中不停左旋右摆,叶尖在沙上画出圆弧圈圈。越过海滨草,干燥的海滨植物群落,在夏季亦辉煌了它们的生命顶峰:天人菊,深红渍橘黄色,像向日葵的雏形;野玫瑰,有红色与白色,单瓣,色美味香;滨豆,和农家的豌豆同属一家族,开淡紫色蝶形小花;仙人掌,扁头扁身,头上长头,肩上叠肩;小红莓、野蓝浆果,生长在小灌木丛中。最美的是滨蓟了,叶子狭长曲凹,长满刺,花形也像细针插成的一只针球,淡紫红色,香味特殊。香水广告常派它作野生花卉的主角。

黄昏时的海风温柔一如浅绛色的夕光。撇水鸟五十来只随涨潮降临。它们低飞水面,张开嘴,比上嘴喙长三分之一的下嘴喙刮掠水面,在水上翻出一道白浪沫的水线。震动的水波可以引诱好奇的鱼浮上来,正好给回头按同一水线飞行的撇水鸟插入,上嘴喙也即刻闭下来。这便是它的一顿好餐点了。这样奇特的觅食方式看起来挺累的,老是张嘴,下巴会不

会掉下来?! 果然,在憩息中,一只只撇水鸟趴在沙上,头部、下巴、长嘴,都搁在沙上,一副累得瘫软、要死不活的样子。明显地可以看出:撇水鸟吃一顿饭好累啊!

撇水鸟和燕鸥有远亲关系。红嘴,嘴尖晕黑,白脸白腹,黑头黑背羽,一双短短的红足。俏皮、美丽,十分奇异的一种大型岸鸟。

过了五时,潮水再次自高潮线回降。黑脊鸥立足在被退却的大海逐渐抛离的岩石上,面向强劲的海风吹拂,背羽被吹得张开,洁净的灰色背羽一根根浮扬起来。黑脊鸥调整一下坐姿,使海风正对鼓起的胸腹灌入,又自流线型的身侧分流向身后去。

沙岸上,十四种的鸻科鹬科岸鸟又复集结,走动沙上,寻吃入夜前最后一道餐点。

苍鹭沉缓拍动深蓝色初级飞羽与灰蓝色背羽对比的宽翅,慢慢降临盐沼泥岸上。双足踏稳软泥中,慢慢收起双翅,长伸脖子,脑背给风吹起两根饰羽。它的嘴,是明显的鹅黄色,像一只直线条的发亮的短匕首。看来意态悠闲,可是又一副心事满满的样子。它在细听潮水绕过碱草,发出的细细的泡沫迸裂声:噗、噗、噗……

暮色随潮涨而加浓。月亮冉冉自海上升起。夜半十二时,潮水自低潮再逆转上溯,仲夏之夜月,满潮泛溢的夜月,蛙鸣如捣的夜月,甜蜜芬芳的夜月;海岸线反映清月瓷盘般的青光,也闪亮一片淡青瓷的幽光来。

海口

◎钟乔

初次奔向海口,那个暮沉沉的秋日午后。

鲑鱼犹在遥远的冰洋底层梭游。失去体温的个体,发出了求偶的讯息。并且,穿越层层磨砺的礁岩,寻找海草丛生的幽暗穴洞,暂且栖身、歇息,度过冰寒时期欢娱的交配生活。

那时,灰蒙蒙的海岸,风雨在外海咆哮,惊涛拍击长长的防波堤,铅灰般沉重的乌云压着阴霾的远空,海鸥鼓动缓缓的翅膀,无声划过海天的交界。

一个荒僻偏远的渔村,陷入恒常无边的沉寂。

初次奔向海口,沿着暗潮激涌的西海岸往北,贫瘠的海岸线频传噩梦般的消息:鱼族翻起白色的肚皮、死灭于滚滚白沫中;秋风吹动稀疏的木麻黄,学童在久经碱湿侵蚀的敝陋教室中,随着老师朗诵课本里的短诗,笑闹声晃漾于海风习习的空旷的操场上;妇人涉过浅浅的潮水,从蚵坪挑回死绿的蚵仔,堆积在四合院的广场前,发出令人作呕的恶臭。

沿着海岸北溯而上,河海交汇的沙洲、陆陆续续铺架起疫病的温床。鲑鱼犹在梭游。

鲑鱼在遥远的冰洋梭游。隔着光洁滑亮的大理石廊柱,静静地望向窗外,初春的杜鹃盛开在校园宽阔的人行道上。

沉沉的钟声敲落下来。昨夜犹留啮痕的肩头,隐隐发出轻微的疼痛。鲑鱼在遥远的冰洋集结,穿越深峻险巨的海沟,朝着温暖的南方水域航行;缠绵交织的肉躯紧紧拥抱,交换温慰的体温,感知血水的交融。

宛如鲑鱼集结,展开默默而贞洁的航行。为了一片澄蓝的海域。一个阳光温煦的国度。

再度奔向海口,已然是暮春时节。鲑鱼经历严寒的杀伐,去到温暖的南方水域。

滨海的小镇。他,一个都市青年。通过架满标语的街头,跟随示威的队伍朝向镇郊的大庙。

乡人黧黑刚毅的面庞在风中前行。当泪水滚落脸颊时,他宛似望见土地深深的伤痕。噢!鲑鱼回到温暖的水域,为着一片澄净的海域。为着一个阳光的国度。

秋天的海

◎愚庵

搭乘渡轮到城市外围的海边,虽然是很短的旅程,但是,我一直把它看作很庄严的事。

不知道什么原因,从小,我一直是一位爱山爱海的人,对山,我抱着童稚之心,但是,对海,我却抱着尊重与成熟。

如果山是父亲,那么海一定是母亲吧!山是高傲的,海却是包容的。

因此,在快乐又进取的时刻到山上,可以满足外求的欲望,可是在失败与挫折时,到海边,可以反省与洗濯烦恼。

这个城市已经从单纯变成复杂,在庄严而污秽的时候,幸好,还有大海围绕着,使人不至于因为生活在这样的空间而窒息。

那一夜,突然想要看海,也许是伊提议的,带着一支竹箫就出发了,泛过油污的海平面,渡轮悠然在内港行驶着,三十年前,在我很小的时候,这段航程只有竹筏和摆渡的老人,可是,现在连私人的渡轮也都是引擎的船只了。科学也许带来了时间的便捷,但是把海的容貌染黑了。

离开城市的岛上也因为文明而带来了不一样的景观,长长的夜市摊,贩卖着海里的虾蟹、生鱼,都市人喜欢搭船来这里满足暂短的口欲。

可惜,我从小就怕吃海里的东西,甚至是昂贵的海鲜。有人问我为什么,我只是笑笑说:"也许和我在海边长大有关,我吃怕了。"

原因是否如此?我自己也不太了解。

但是,可能有另一个原因是,海里的生物太美丽了,花枝招展的虾,有趣的蟹,美丽七彩的鱼,把这些可爱的东西吞进去,也许是一种罪恶吧。

美丽是可以观赏的。

可惜,现代人却喜欢吃美丽,看到一桌桌的食客,我开始感觉秋天的寒意了。

曾经听过一位上人的演说,他说,现在社会的暴力愈来愈多,血腥处处,都是人类太偏重肉食了,我们不只吃猪牛而已,而且吃虎豹,吃豚吃鲨,这些凶狠的动物,不甘心又转世来报复了,因为,社会愈暴力了。

不管上人的说法是否正确,现代人实在该反省食欲的文化了。

长长的海鲜街的尽头,可以闻到海的味道了。

可惜,海滨却是喧嚣不安的,卖小吃和野台戏把静静的秋夜搞得乌烟瘴气,但是,没有人反抗和取缔。

坐在沙滩上,唯一安静的是大海,仿佛在嘲弄岸上人类的无知。

伊没有说话,听我吹箫,配合着海浪拍岸的节奏。

用什么样的字眼来形容秋天的海呢?我想起佛经中的一句偈:

> 普能严净诸刹海,解脱一切众生海。
> 普能分别诸法海,能甚深入智慧海。

普能清净诸行海,圆满一切诸愿海。
亲近供养诸佛海,修行无倦经劫海。

在佛经中,海是无限深广的,岸上的人类又怎能比得上呢?

夜都静深了。

而海仍然如斯拍岸,仿佛佛堂中诵经的天籁,在这个秋夜里,令人心悦,法喜充满。

海峡女神

◎章武

在台湾海峡两岸,凡是有渔船进出的地方,几乎都在妈祖庙。

小时候,我在兴化湾边的一个小渔村里长大。每逢鱼汛到来之前,大人们总要备上丰厚的供品,到海滨大榕树下那座小小的妈祖庙去顶礼膜拜。在一片虔诚地祈求"顺风顺水"的祷告声中,我常挤在人缝里,透过氤氲蒸腾的烟雾,偷眼望那在神龛中安然端坐的"妈祖娘娘"。只见她是位身穿红衣的大嫂,长长的耳朵,厚厚的下巴,老垂着眼皮儿眯眯笑,模样儿怪慈祥的。

一位船老大告诉我:娘娘原姓林,是我们莆田县湄州屿人,宋朝时候羽化而登仙。渔船在海上遇见风暴,只要望天祈祷,天上出现两盏红灯,就是娘娘救我们来了。顿时,风也收了,雾也散了,波浪也平了。说着,他还毕恭毕敬地拿出根一尺多长的、漆成朱红色的木棍,郑重其事地对我说:这叫"妈祖棍",在海上只要用它连击船舷,鱼怪啊,水妖啊,就不敢上前……

长大以后,进了学校,我才知道,这"妈祖娘娘"其实并不存在。九百多年前,台湾海峡风波险恶,来往渔民全凭一叶扁舟,导航的水浮针刚刚使用,个人的经验就等于所有的气象资料。在这生产力极为低下的年代,人们出于对海洋的恐惧,对前程的忧虑,对航行安全的渴望和追求,这才慢慢创造出这么一尊温柔敦厚的护航女神。

新中国成立后,随着科学文化的教育和普及,海峡西岸的妈祖庙渐渐少了,但听说海峡东岸的妈祖庙却依然香火昌盛。据一家台湾报纸披露,全岛目前共有妈祖庙三百八十多座,其中规模最大的北港朝天宫,每年还有六十万人进香呢!

不久前,我到一个台湾渔民接待站去,认识一位在海上遇难获救的老渔民。他笑着告诉我:在这次难忘的航行中,他就亲眼三次看见了"妈祖娘娘",你说怪不怪?

那是一个严寒的冬日的黄昏。他们的渔船由于气缸盖爆裂,失去动力,已在海上随风漂流了六天六夜。船上,所有的食物都吃光了,所有的淡水都舔干了。箱板、渔网,甚至衣服,全都投进了作为求救信号的火堆,但最后一丝火苗也已经熄灭。眼看铅灰色的暮霭如同死神的长袍盖住了茫茫的大海,第七个可怕的夜晚即将降临。他和他的几位朋友,只好无可奈何地跪在甲板上,翕动干裂的带血的嘴唇,望空吐出微弱而又战栗的求救声:"娘娘保佑,娘娘救命……"

风越刮越猛。涌浪越起越高。孤零零的渔船一下子被高高地举起在波峰之上,一下子又被狠狠地甩入浪谷之中。忽然,就在渔船高升到顶点的一刹那,他发现不远处闪出了一个红点:莫非,那就是妈祖娘娘的红灯?当他再次从浪尖上看那红点时,已变成了一位身穿红衣的女子!"啊,妈祖娘娘!"极度的饥饿和疲劳,极度的忧伤和狂喜,终于使他失去了知觉……

云。洁白的云,柔软的云,温馨的云,当他苏醒过来时,他

觉得他正在飞行：身上盖着云，身下垫着云，四周拥着云。他悠悠晃晃地睁开眼睛，发现云堆里浮出一位女子。她身上披着雪白的长袍，也是云，他还听见一声甜甜的、惊喜的声音："醒来了，醒来了。"他猛地想起，这不就是大慈大悲的救命恩人吗？"啊，妈祖娘娘！"他用力地颤动着嘴唇，发出一阵喃喃的呼唤声。

那白衣女子听清了他的话，抿嘴一笑，柔声地说："老阿伯，我不是妈祖娘娘，她才是呢！"说着，她从她身后拉出一位红衣女子。

老渔民睁大眼睛：是的，在海上，穿着红衣，提着红灯……他挣扎着，要爬起来向"娘娘"叩头。

那红衣女子明白了他的用意，扑哧一笑，轻轻地按住了他的双肩："老阿伯，我也不是妈祖娘娘。喏——她才是呢！"说着，她往窗外一指。

窗外，一位绿衣女子甩进一串银铃般的笑声，匆匆往山路上逃走了。那山，好高，好陡；山顶的悬岩上，树立着高高的风向标和风球，底下，一个绿点儿，正在跳跃……

老渔民终于醒悟过来：他所遇见的三位女子，其实都不是"妈祖娘娘"。那穿红衣的，是"三八渔轮"的女船长；那穿白衣的，是海岛医院的女大夫；那穿绿衣的，是气象站的女气象员。

她们都不是神。但她们耕云播雨、救死扶伤，不跟"妈祖娘娘"一样吗！兴许，她们就是女神的化身？

老渔民讲完了他的故事，默默地注视着眼前的港湾。港湾里停泊着他那艘已被大陆船工抢修好了的渔船。明天，他和他的朋友们就要驾船东渡，返回台湾鹿港。在这依依惜别的前夜，我们一直谈到了一轮明月从地平线上冉冉上升。

夜朦胧,月朦胧,海朦胧。朦胧的月光在朦胧的夜海上铺出一条黄金般闪闪发光的大道。我们仿佛觉得,可以沿着这条大道,一直走到那朦朦胧胧的海峡彼岸……

总有一天,我们会有一条实实在在的大道。它平坦,它宽阔,它再也不受自然界和人世间一切风波的阻隔。那时,在我们海峡两岸,大大小小的妈祖庙,尽可作为古迹加以保存,只是那位在冥冥中辛苦操劳了九百多年的"妈祖娘娘",却可以含着舒心的笑容,告老退休了。

迎着强烈的海风

◎严文井

到海上去,当一名水手,这是我少年时代的一个梦。

由于这个梦的不能实现,我就在描写渔民、水兵、船员等生活的小说和散文里来寻求海上的"体验"。这些描写我所没有的生活的文章,在我看来都具有一种神奇的魅力。

一直到中年时期,我才看到真正的海。

有时是从高空俯瞰。下面是蓝色间杂着青灰色的一片,无边无际,布满了细细的鱼鳞纹,那大概就是海波吧。大海似乎没有任何声音。

有时是从海岸边远眺。一个波浪追逐一个波浪,一直追到我的脚下,喧闹沸腾不已。大海原来是这样不平静,不安宁。

有时我也曾下海游泳。卷着白色泡沫的怒涛呼啸而来,毫不留情地强迫我咽下几口咸涩的水。我身不由己,忽高忽低,忽进忽退,任凭摆弄,这才感觉到了海的力量。我不敢设想在台风中的大海狂怒时的景象。

我终于懂得,我永远也不会变成一名水手了。

海并不是时时刻刻都在赐予。它的多变,所引起的不能只是温柔的抒情。由于它复杂,更加引起了我对它的向往和好奇。

我的办法仍然是通过书本到海上去。我在书本里"经历"海上的风险,和"分享"驾驭海洋的人们的酸甜苦辣。

不久前,我读了《海角天涯》这样一本关于海洋的多人选集,就是这种兴趣的继续。

这本书的作者们是着力于反映海洋的美的,然而在他们笔下出现的不仅仅是海鸥、飞鱼、日出、夜空的星星、带咸味的风,和波涛的韵律等等。

这本书表现得更多的是:无休止的摇晃和颠簸、狂风、炎热、危机四伏的阴云和黑浪,和面对着、忍受着这一切的人。人对海的搏斗,不让海来吞掉自己,产生了一幅幅壮丽的图画。这种强烈、鲜明的美的存在,才使得柔和的美能够以陪衬的身份,作为一种补充,成为需要。这种美,使我们想到人的真正生活,人的存在意义。

海洋的不平静,多于平静。

只有从不平静当中,才能发现真正的水兵和水手。

中国人懂得海的价值,漫长的岁月和漫长的海岸线教会了我们这一点。

于是,我们的先人登上了木船,扬起了帆,在古老的海上驶向远方,悄悄隐去。

多少个白天和黑夜消逝了,我们仍然从呜咽的海风中听到寻求者和探索者的声音,我们听到海的召唤。

于是我们,他们的后人,又毅然起锚,跟踪那看不见的踪迹,继续在古老的海上航行。

在海底,有我们触礁的商船,船舱里仍然装满瓷器;有我们被击沉的军舰,里面残留着一些勇士的遗骸。

现在,我们的新舰队正变换着队形驶向远洋。

甲板上有我们的年轻人；桅杆上有我们的新国旗。

船头,迎着强烈的海风。

拭去泪水吧,我们要擦干眼睛。

前方有什么东西若隐若现,那是一只遇难的渔船,那是一个珊瑚礁,一个未被发现的小岛,或者,那就是等待我们去建立的功勋。

我们将要接受无论什么样的考验,迎着强烈的海风。

迎着强烈的海风,我们才会懂得什么是忠贞。

"选集"帮我拾回了少年时代的梦。

我仿佛仍然留在海边的沙滩上,听着涨潮的声音,接受海风的轻轻吹拂。

啊,不！最好还是在一只疾驶的舰艇上,迎着强烈的海风。

海念

◎韩少功

满目波涛接天而下,涌来潮湿的风和钢蓝色的海腥味,遥远。海鸥的哇哇声从梦里惊逃而出,一道道弧音终没入寂静。大海满身皱纹,默想往日的灾难和织网女人,它的背脊已长出木耳那倾听着千年沉默的巨耳——几片咬住水平线的白帆。

涨潮啦,千万匹阳光前赴后继地登陆,用粉身碎骨欢庆岸的夜深。

大海老是及时地来看你。

大海能使人变得简单。在这里,所有的堕落之举一无所用。

只要你把大海静静看上几分钟,一切功名也立刻无谓和多余。海的蓝色漠视你的楚楚衣冠,漠视你的名片和深奥格言。永远的沙岸让你脱去身外之物,把你还原成一个或胖或瘦或笨或巧的肢体,还原成来自父母的赤子,一个原始的人。

还有蓝色的大心。

传说人是从鱼变来的,鱼是从海里爬上岸的。亿万年过去,人远远地离开了大海,把自己关进了城市和履历表,听很多奇怪的人语。比方说:"羊毛出在狗身上。"

这是我一位同行者说的。这样说,无非是为了钱,为了他得到一直所痛恶的贪污特权。他昨天还充当沙龙里玩玩血性的演员和票友,今天却为了钱向他最蔑视的庸官下跪。当然也没什么,他不会比满世界那么多体面人干得更多,干得更漂亮。

你陷入了谣言的重围。谣言使友情业兴盛,是这些业主的享乐。你的所有辩白都是徒劳,都是没收他人享乐的无理要求。他们肮脏或正在筹划肮脏,所以不能让你这么清白地开溜,这不公平。他们擅长安慰甚至拉你去喝酒,时而皱着眉头聆听,时而与服务员逗趣说笑,没有义务一直奉陪你愤怒。或者他们愤怒的对象总是模糊,似乎是酒或者天气,也可能是谣言,使你失望的同时继续保持着希望。他们终于成了居高临下的仲裁者和救助者,很愿意笑纳你的希望,为了笑纳得更多便当然不能很快地相信一加一等于二。

你期待民众的公道,期待他们会为他们自己的卫士包扎伤口。不,他们是小人物,惹不起恶棍甚至正企盼着被侥幸地收买。真理一分钟没有与金钱结合,他们便一哄而散。他们不掺和矛盾,不想知道得更多,而且恐惧得哆嗦。他们突然减少了对你的眼光和电话,甚至不再摸你孩子的头发,退得远远的,看诽谤与权谋从眼前飞过,将你活活射杀在地鲜血冒涌。他们终于鼓动你爬起来重返岗位捍卫他们的小钱——你怎能撒手丢下他们不管?事情就是如此。你为他们出战,就得牺牲,包括理解和成全他们一次次的苟且以及被收买的希望。

你是不是很生气?

现在想来有点不好意思。你真生气了,当了几天气急败坏可怜巴巴的乞丐,居然忘记了理想的圣战从来没有贵宾席,没有回报——回报只会使一切沦为交易,心贬值为臭大粪。决心总是指向寒冬。就像驶向大海的一代代男人,远去的背影不再回来,毫不在乎岸边那些没有尸骨的空墓,刻满了文字的残碑。多少年后,一块陌生的腐烂舷木漂到了岸边,供海鸟东张西望地停栖,供夕阳下的孩子们坐在上面敲敲打打,唱一支关于狗的歌。回家啰——他们看见了椰林里的炊烟。

人是从海里爬上岸的鱼,迟早应该回到海里去。海是一切故事最安全的故乡。不再归来的出海人,明白这个道理。

你也终归要消失于海,你是爬上陆岸的鱼,没有在人世的永久居留权,只有一次性出入境签证和限期往返的旅行车票。归期在一天天迫近,你还有什么事踌躇不决?你又傻又笨连领带也打不好,但如果你的身后有亲情,有友谊,有辛勤求知和工作,有拍案而起群小惊慌的天宽地阔,你已经不虚此行。你在遥远山乡的一盏油灯下决定站起来,剩下的事情就很好办。即使所有的人都在权势面前腿软,都认定下跪是时髦的健身操,你也可以站立,这并不特别困难。

同行者纷纷慌不择路。这些太聪明的体面人,把旅行变成了银行里碌碌的炒汇,商店里大汗淋漓的计较,旅行团里鸡眼相斗怒气冲冲的座位争夺。他们返程的时候,除了沉甸甸的钱以外什么也不曾看到,他们是否觉得生命之旅白白错过?上帝可怜他们。他们也有过梦,但这么早就没有能力正视自己儿时的梦,只得用大叠大叠的钱来裹藏自己的恐惧,只得不断变换名牌衬衫并且对一切人假笑。

你穿不起名牌,但能辨别什么是假笑,什么是坦然而自信的笑——这圣战者唯一高贵的勋章,上帝唯一的承诺。

你背负着火辣辣的夏天,用肩头撞开海面,扑向千万匹奔腾而来的阳光。你吐了一口咸水,吐出了不知今夕何夕的蓝色。有一些小鱼偷偷叮咬着你的双腿。

这是一个宁静的夏日。海滩上并非只有你一个人。还有人,一个黑影,在小树林里不远不近地监视着你。终于看清了,是一位瘦小干瘪的老太婆,正盯着你的饮料罐头盒耐心等待。旅游者留下的食品或包装,都能成为穷人有用的东西。

你有点耻辱感地把易拉罐施舍了她。她抽燃一个捡来的烟头,笑了笑:"火巴"。

你听不懂本地人的话。她在说什么?是不是在说"火"?什么地方有火?她是在忧虑火还是在高兴火?这是一句让人费解的谶言。

她指着那边的海滩又说了一些什么。是说那边有鲨鱼?还是说那边发生过劫案?还是请你到那边去看椰子?你还是没法明白。

但你看到她笑得天真。大海旁边是应该有这种笑的。

你将走回你的履历表去沉默,好像什么也不曾发生,什么也不用说。你捡了几片好看的贝壳,准备回去藏在布狗熊总是变出糖果的衣袋里,让女儿吃一惊。你得骑车去看望一位中学时代的朋友,你忙碌得在他倒霉的时候也不曾去与他聊聊天。你还得去逛逛书店,扫扫楼道,修理一下家里的水龙头——你恼人地没看懂混沌学也没有赢棋甚至摇不动呼啦圈,难道也修整不好水龙头?你不能罢休。

你总是在海边勃发对水龙头之类的雄心。你相信在海边所有的念头都不是无缘无故产生的,一定都是海的馈赠,是海的冥隐之念。

大海比我们聪明。

大海蕴藏着对一切谶言的解释,能使我们互相恍然大悟地笑起来。

渔港书简

◎简媜

一　海的感召

　　林：我终于来到海滨，与日夜憧憬、梦魂萦牵的大海朝夕相伴了！就当我执笔时，耳畔不断传来潮水拍打着岩岸的声音，温柔而缠绵，那是海的呓语，海的吟诵，不，应该说是海的夜曲，它正催眠大地进入安谧的梦中呢！

　　如今已是深夜了，而我来的时候正是下午，当汽车绕着海岸线迂回前进时，远远看见笼罩在金色的雾氛下那一抹扑朔迷离的海，早便心向神驰。我一见来接我的蘅便说："先介绍我见了海吧！"蘅只是微笑不语，引我穿过一条沙砾小径，走进一幢白色小屋，只一眼瞥见那敞开着的窗子，我的视线便再也收不回来。原来，原来窗外便是那一碧万顷、广阔无垠的大海！

　　在我唯一的记忆中，海是狂放的、粗犷的，不是吗？在开赴台湾的船中，我被风浪颠簸得半僵地躺在舱板上，眼睁睁地望着黑压压的波涛山似的矗立在舷旁，巨浪却似一群激怒的野马，奔腾扑击——可是，如今展现在窗下的海却是那么平静，平静得像一个深邃的湖沼，只在风过时掀起粼粼涟漪，微

波轻拍着沙岸,宛如朵朵昙花忽明忽灭,那一片黯蓝远远地、远远地展延开去,又衔接了另一片蔚蓝,分不清海里有天,天上有海。海里三两点白帆,仿佛天上的白云,天上朵朵白云又似海里的白帆。在海天的大和谐中,我溶失了自己,我觉得我自己就是那一朵云,那一支帆。——一瞬间城市给我的尘思烦虑,被海风吹散得无影无踪,脑中没有一点杂念,胸中不留一点渣滓。人在这时,仿佛已洁化净化了。

我默默地谛视着海,海也用它深邃湛蓝的明眸凝视着我。——在那明眸深处,我感到有股不可抗拒的魅力。

海是威严而超绝,温柔而沉静,豪放而热情,涵博而深沉,神秘而……噢,林!我想把海描摹一番、赞扬一番。但在海的面前,我是太渺小了,我觉得我不配写海,而文字在这里却是最拙劣的。

搁下笔,我倾听夜潮在窗外呼唤,那唤声是如此轻柔而亲切——仿佛慈母唤着爱儿,情人唤着情人。

这里是一个渔港——一块很小很小的陆地。大海热情地把小岛揽拥在怀里,而我又躺在小岛的怀里,海潮轻轻地,缓缓地,抚拍着怀里的小岛,今夜,我要做一个属于海的梦!

二 雾港

林:昨夜我在海潮声中睡去,今朝又从海潮声中觉醒。海不曾做梦,但一个无梦的酣睡,在一个被失眠苦恼了数月的人,不啻是干裂的土地上一番甘霖。感谢海,是它吟唱着催我入眠。

窗外一片灰黯,我疑是天还没有亮,蘅偏说是晨雾。拉开窗扇,猛不防一团潮湿的海风挟着雾莽闯地撞入我怀中,仿佛是地球这大锅里冒出来的蒸气,几乎将我蒸发。向那一团灰雾谛视良久,才隐约看见黑影移动,有桨板划水的声音,想来是捕鱼的船儿已开始作海上的逐猎了。

浓雾散清,骄阳已浮在半空,阳光像金色的液体泻落在海面,三两只渔筏随波起伏,像几片飘浮着的落叶,轻捷的海鸥便绕着落叶盘旋、翱翔。近海有一只渔筏正向海里撒网,远远只见忙着撒网收网,一网又是一网。林,我们这些吃鱼的人,谁又知道这期间该包含着多少的忍耐和等待、多少的辛苦和勤劳!

直等到满天阳光被渔网网尽,渔筏儿才缓缓归航。沙岸上,弄潮儿郎的妻孥们一个个引颈迎候,殷勤地接过鱼篓,先掂一掂分量,若是接在手里的鱼篓是沉重的,心情便轻松,若是鱼篓是轻的,那么心情便沉重了。——然而,沉重和轻松又是一回事,只要平安归来,一天的盼望,便在这一刻获得慰藉。我走近一个中年渔夫——他紧抿着嘴正在收拾渔筏渔具。"今天运气好!"我搭讪着说。但他只向我淡淡一笑,摇摇头,没有作声。

"出海远一点,不是捕的鱼更多吗?"

"渔筏儿太小嘛,抵不住风浪。"苍沉的声音里深藏着无限遗憾。这时,一艘机帆船一路喧哗着,昂首阔步地驶进来,激起的浪花冲得港内的小船摇晃不定。那高耸的桅杆,那髹漆鲜明而庞大的船身,使它在周围那些灰黯的小舢舨、小渔筏中,像一只独立鸭群的天鹅。

中年渔夫从眼角里向它睨视了一眼。林,就在这一瞥中,我看见那眼光里流露着的是怎样复杂而深沉的感情啊!

大船拢岸了,壮健的渔夫猿猴般敏捷地在船上船下忙碌,一个个压着冰的、沉重的鱼篓背上了岸,渔网也抖开了,懒蛇似的晾在沙滩上,多长的网哟!林,那网使我想起帝王们出巡时,从宫门一直铺展到市街的华毡。

所有大船上、小筏上的渔夫们全拖着被海水和汗水浸透的身躯,肩负着朝夕相依的渔具,有的哼着小调,有的却沉着头,匆匆地打从晾着的渔网旁走过。

沙滩静下来了,留下海潮独自傍着岩石吟啸。

雾,海上的浓雾又悄悄从四面飘涌过来,仿佛一只无形的纤手在拉拢帘幕。

一个浪潮滚到我脚下,掷给我一把晶莹圆润的珍珠,多美的珍珠!林,我真想把它们串成项圈送你,但一挨着指尖,它便碎了,只在掌心留下濡湿的水渍。如今我便用沾着海水的手给你写信,不知你能否从它嗅到海洋的气息?

三 海的儿女

林:这几天我只在沙滩徘徊,拾取了数不清的贝壳,记得有个诗人说,他的耳朵是贝壳,充满了海的音响,我却愿这些贝壳都是我的耳朵。如今我有这数不清的贝壳,将永远也听不完海的歌唱、海的秘密。回来时,我一定放几颗最美丽的在你枕畔。

说起贝壳,还记得来的那天,我远远便看见村里一堵一堵洁白璀璨的墙,在阳光下闪烁着。我正惊异这贫陋的渔村竟有这般华贵的大理石围墙,不知这围墙内住的又是何等人家?待近了一看,方知墙全是用一种白色的大贝壳砌起的。那贝壳的样子很有点像救生艇,有时两三个胶结在一起,蘅告诉我那叫蚵,渔娘们把它从岩石上凿下来,把蚵肉剔出来卖了,壳就堆在屋前屋后,日积月累,堆得高高的,远远看去,谁说不像大理石筑成的围墙?

就在这洁白美丽的大理石围墙内,便围着矮小简陋的渔民之家。在渔岛,据说人的繁殖跟鱼类一样地迅速,每一家都有一串梯形的孩子,人们在黯沉沉的小屋子里就像关在篓里的群蟹,蠕蠕蠢动。这便是渔人的家!渔人的家里充满着海洋的咸腥味,也弥漫着贫穷的气息。

海洋是丰饶的、肥沃的,但在海洋怀抱中的这一块陆地,却是这样贫瘠,尽管海洋不断地灌溉滋润,土地仍像一棵不会结果的树,一个患不孕症的妇人,从来不曾生产过粮食。

大地,人类的母亲,但这母亲却没有乳汁哺育她的孩子。

渔民们必须从海上去捕获鱼类,换取借以生活的物质,但海上的生涯全靠运气,而渔民们只会操纵舵桨,却不能操纵命运!

于是,渔民们只得吞食着粗粝的杂粮、拾来的蚌、海螺和网底的小鱼小虾,穿着千补百衲的衣服,孩子们赤着脚,半裸着黧黑的上身……

"船还没有,怎能讲究吃的穿的啊!"

"等自己有了船,生活就会好起来。"

没有怨尤,没有愤恨,这便是他们对贫苦生活的答复。他们不晓得什么是享受,只求免受冻馁,风平浪静。他们不懂什么叫爱情,只有互相合作,同尝甘苦。他们没有丰富的知识,却有一肚子海的学问。他们是勤勉的,从不懒惰贪安逸。多么朴实而可爱的人们——海的儿女们,他们才是上帝最善良纯真的子民！

但他们都吃不饱穿不好。

噢！林，刚才我第一次听见了海鸥的鸣声，竟是那么尖厉凄绝。海今天仿佛有点不安静，不住激动地猛扑过来拥抱着陆地，又沉重地叹息着躺下去，我似乎觉得有什么预兆。

四 希望和期待

林：说起来我还心悸，那晚上的风浪多大啊！我被排山倒海的呼啸声惊醒，只觉得屋子在摇晃，仿佛整个岛村已浮起来，像冰山般随波漂荡，蓦地一个闪电，映出窗外地狱般深沉可怖的黑暗，接着又是震撼天地的风吼海啸。——惊惶中，我更想起了那些简陋的小屋，想起了那些出海未归的渔船，想起了今晚上该有多少人在黑黝黝的海上与风浪搏斗，多少人虔敬、惶惑地，跪在窗下，跪在神龛前，祈祷着冥冥中神力的保佑。

那天有一艘舢板失了所有的渔具，有一只渔筏没有回来，永远不会回来了！那捕鱼的人儿曾把青春消耗在浪涛里，如今又把生命埋葬在海底，他本来应该战胜风浪的，但"渔筏儿太小，抵不住风浪"……

风暴过后，海一直没有安静下来，伴着它撒野的是犷厉的风，蒙蒙的雨。烟云迷蒙中，海有一种凄迷扑朔的美，但沙滩上却是冷清清的，没有晾着的渔网，也没有半裸的孩子披着阳光的金缕衣在嬉戏。除了仅有的几艘机帆船照常出海，那些敝旧的舢板竹筏都悄悄地停在港湾里，像一只只被人遗弃的破履。

惯在海洋上周旋的渔人们,一连几天空闲下来便觉得手足没处安排,而明天的生活像一块石头压在心中,无聊地检点一番渔具,又撇下了它而走到岸边去默默地眺望着海。那熟悉的海,正在四下摇摆着娇躯,向渔人送来一个挑逗的眼波,猛地伸开胳臂,作一个拥抱的姿势,扑到渔人面前,吻着他的脚尖,仿佛在说:"朋友,为什么不到我怀抱里来呢?我正等待你。"

渔人只是一往情深地凝视着海,眼睛里流露无限焦灼和渴慕。——忽然把右臂一挥,喃喃地说:"如果我有一艘真正的船……"

船,又是船!林,在渔港,仿佛永远重复着这一个字——船。

是的,海是宇宙中最丰富的宝藏,最肥沃的牧场,同时也是最危险的战场。但只要有一艘结实的船,便能纵横海上。就像农夫渴望着自己的田地一样,渔民们克勤克俭,耐苦耐劳,也只为一个愿望——船,一艘真正的船,一艘行驶得快而稳,足以抗御风浪的机帆船。他们把希望之火和生命之火一同燃亮,然而,传给下一代,又下一代……甚至有几辈子都这么着在期待中生生死死,这愿望还不曾实现。

海的儿女有同海一样深沉的性格,他们的愿望也同对生命的热爱那样强烈,那样执着不移。

林,生命便似这般在希望和期待中延续下去,但是,多么漫长的岁月啊!

五 逐波流驰

林:这些日子海筏又恢复了安静,大的小的又去海上随波追逐,海岸寂寂,海风轻轻,而海那湛蓝的眸子似乎蓝得更深邃、更迷人。浪花拍击着沙滩,仿佛是海在喃喃呓语,絮絮倾诉;是在倾诉亿万年来在海底深藏的感情,是在叙述海的没有完的故事。我便躺在沙滩上,凝望着那湛蓝的眸子,听那无尽止的絮语。海的缠绵的倾诉使我沉醉,而在那魅人的眼波深处,我迷失了我自己。

林,你问我怎么消磨日子,告诉你,就这么朝朝夕夕像狩猎海上的渔人,让辰光随着波浪流驰了。

六　渔者有其船

林:有几个月没有给你信了,别怨我疏懒,实在是海使我迷恋得太深了,以致我觉得伏在桌上拿笔来东涂西画都是多余的笨事。但是,今天我必须借笔尖把我的喜悦,——不,应该说是海的喜悦、海的儿女们的喜悦,向你诉说。

今天的海似乎特别美丽,特别温柔,在那黯蓝的发的波浪上,缀着一朵朵洁白的大百合花,湛蓝的眼睛脉脉地向港内谛视着,仿佛在等待什么,迎接什么。再看看岸上吧!在这沉寂的渔村里,此刻正掀起了一阵欢喜的浪潮,就像庆祝一个隆重的节日似的。渔民们一个个放下工作,穿上他们认为最好的衣服,脸上那些被岁月和风浪刻下的纹印里嵌满了笑意,黯淡的眼睛仿佛全滴上了油,闪亮闪亮,像闪烁在阳光下的贝壳。彼此呼唤着,扶老携幼,齐向沙滩上跑去,浪潮迎着他们撒下大把的珍珠。

就在港湾里,大海丰腴的臂弯里,澄黄的阳光下,停歇着一排十几条崭新的机帆船,船身鲜明眩目,船上旗帜飘扬。——

这便是政府放领给渔民的第一批渔船。

那些海上的健儿带着虔敬、兴奋、激动而又有点怯怯的心情,庄严地攀上了渔船。走着看看,又爱怜地拍拍船舷,亲切地摸摸舵盘……不错,这是一艘真正的、呱呱叫的渔船,是属于他们自己的船!

噢,林,那些眼睛全因喜悦而迸出了感激的眼泪,愿望在血泪的灌溉下开了花,他们终于有了自己的船。从前那些黯淡的日子,将变得光辉而充满新的希望。船在鞭炮声、锣鼓声、欢呼声和海的召唤声中,唱着雄壮的进行曲,一艘艘起碇了。第一次出发去海上狩猎,去海上长征,岸上万千只眼睛跟着它移动,每一个凝视是一句祝福。船便在凝睇中远了,小了,留下长长的一条条浪花的环带,那些环带,在凝视中恍惚融成一幅幻景,在景中望见了未来丰衣足食的安乐生活,望见了渔港的繁荣……

我的视线停留在海平线上,我的心却随着渔船驰去的方向远飏,远飏,我想着海的那边……

哗!一个浪花扑到脚畔,我蓦地惊觉,才知道沙滩上的人已逐渐散去,日将西坠,海风犷厉,海潮开始上涨。

噢!真的,林,过了明天,我该回来了,回到你们的身边,回到工作岗位。我的神经衰弱症已痊愈,我要让你们看看我已被海风和骄阳锻炼得怎样健壮,虽然我是那样舍不得离开海,但我相信不久又可以再来,与海的约会,将是天长地久。

有一抹蓝色属于我

◎郭保林

远方的海

摆脱黄与绿的纠缠,我走向蓝色的遥远。

季节,又一个季节的潮水从我生命的岸边退去,五月的风带来海潮的气息。远处,太阳突然停止了走动,它注视着广阔的土地升腾起蓝色的波涛。

又一个博大汹涌的海,那闪烁不安的灵魂,像巨大的鸟,拍打着有力的翅膀,向我扑来,一下子包围了我的心。蓝色的诱惑和缤缤纷纷浪的花朵,绽开了我的每个梦幻,那蓝色的波纹在我心灵的拱璧上描绘着爱的图腾。我的叹息和泪水被无情地淹没,那古老的太阳掠过高耸的山峰和礁石,照耀着浪花盛开的蓝色原野。我向你走来,你大胆地多情地送我一片摇曳的微笑……

无穷无尽的蓝色,温情脉脉的海,没有风暴,没有潮啸,没有帆影,只有鸥鸟翻飞的舞姿,只有白云梦幻般的浪漫,那是写给大海的诗笺,还有情人挥舞的手绢?

啊,爱之海,一个广阔无垠的海,你深邃辽远,你的波涛充溢在我整个心灵的空间,你让我欢乐,痛苦,幸福,忧伤,激动,战栗,你让我狂放,又让我拘束,你让我身临其中又难以领悟全部内涵。在这里我看到太阳的红帆日日远扬不知是谁的许诺,看望归的渔姑站成礁石的形象,站成航标灯的期待,寂寞的飞梭织进某次古典的诀别,眼岸上布满旗语的呼唤,唇港里泊满孤独的歌声,无法解释的日子们从身边一排排沉没……

当磅礴的炽灼的爱情光芒,使我天地晕眩,峰峦起伏,我们因甜蜜而苦涩,因幸福而疼痛,因欢乐而悲哀,因激动而迷惘。

天空变成静止的海。

海变成流动的蓝天。

液态的风吹着水下的帆,蓝色的气流推动着水上的舵,你和我像鱼儿似的击起如扇的波浪,我的思想在爱之海里一层层扩展,扩展……

海岸,这是陆和海、黄和蓝的吻痕,抑或是分界?陆在这里走至尽头,海在这里走至尽头?

岁月是一条无首无尾的岸,而生命的浪终归要漫过它……漫过后便凝结成历史。

浪花与礁石的梦

那天,我们在岸边礁石上坐得很晚,坐得很绝望——开花季节错过了,结果时节又一无所获,那时候的海平线出现的是"希望号"还是"青春号"的帆船?给我们打旗语的是鸥鸟还是白云?还有那片燃烧的枫叶呢?

礁石冷峻,黛青色的额头高高扬起,涂抹血光,矗入一片

蓝空和一片蓝空般深邃的宁静。

远远的海面上出现许多白点,恍若几片白云散荡其间,我觉得出是几只大雁或天鹅在啄水。你摇摇头,终于看清了,那不是天鹅和大雁,是划帆板的少男少女,他们咯咯的笑声惊飞了我的大雁和天鹅。

黄昏如无涯之水,恣肆蔓延而上,青苍的山崖,醉迷了一般,在它酡红的黄昏之光里冥想。夕阳染上满地的枯叶和沙滩上的芦苇花穗了,且在一根刚直的松针上战栗、痉挛。我一时间觉得你就是一枚成熟了的最大的红浆果,且结自高山,结自这冷峻的礁崖,成熟于黄昏。

你我,不,整个世界都甜蜜得晕眩。

我对你默默地爱恋,这种使人类永生不息的神秘情愫,只要你真正领受,一切痛苦都会化为百倍欢乐。在古老的大海退去以前,你会真正认识比大海更深邃、更激荡灵魂的爱情之海。

我对你默默地爱恋,就像浪花偎依着礁石,我一次次向你呼唤,我是你的岸,你的陆地,一个蕴藏着炽热岩浆的大陆。

你的眸子里一次次漫过汹涌的潮水,而后又哗哗地退去。我,默默地握着你的手,温柔地向你讲述一个凄凉而美丽的故事——那是席勒的谣曲《海萝和伦德尔》,一对绝好的恋人,海萝得知伦德尔溺海而死,也跳海自尽……

我的故事使你眸子上蒙上泪翳,你凝望着夕阳澹澹的黄昏,久久不语。我知道你的心海却潮飞浪卷,而忧郁却像一条河流从我心头流过……

我说,有一行蓝色的情节不会枯竭,复活在淡蓝色的信封里情诗里;我说,有一颗闻得芬芳的星星,会镀亮你那朵摸得见的笑靥。

我还会驾一叶舢板和你一道去远征,我还会用你美丽的蝴蝶结扎好凯旋的花环。也许就在这海滩,有一段旋律还没休也。

命运如这海浪留在岸边的足迹,曲曲折折,而我的心如一枚又苦又涩的青梅果,慢慢地被风干……

那礁石有忠贞的性格,不变的风采,不塌的躯体,让风和浪去雕塑礁石的魂魄吧!

浪花和礁石都在做梦。在梦境与梦境之间,我完全忘记生命的存在与死亡。

海的箴言

暮色揉碎你的背影,你的背影化为细雨迷蒙的神女之峰,渐渐流逝的是你黛色的诺言,你的诺言如梦……

海的箴言在礁岩上铮然弹响,浪花的旋律没有休止符,季节的色彩却在你瞳孔里骤然变更。

你说,爱的火焰已将心灵灼伤,伤口流着血,流着泪,还流着脓,蜜蜂刚刚吻过,苍蝇的翅膀便扇起一阵嗡嗡之声。你说,你要远去了,要逃避这爱的海;你说,时间之树没有果实,风中飘飞的叶子是苦涩的泪;你说,拔断的情思已被厚厚的落叶覆盖,那脚步即使踏破岁月的封面,丢下的脚印重新生长出的情节,又怎能撑起这倾斜的天空?

生命的乐谱上不会有断章重复,

两颗心不会因等待再觉孤独。

然而,那蓝色原野上的矢车菊为谁而盛开呢?

我的眼前再不见那穿红泳衣的少女,红色的小帽像成熟的苹果。

人生是一本书,这一页是最令人难忘的一页,该是烟雨霏霏、月色溶溶的一页,该是春光漫漫的一页,该是心与心相撞产生慌乱与呼吸急促的一页。

我呆立于海岸许久了,十分痛苦地欣慰于我熟悉的世界的塌落,远方升起一道彩虹,我清楚地感到我脚下的土地骚动与崛升——我的背后是山峦和村舍排列成的稀疏的风景线。

置身于这海鸥和浪涛交织的旋律里,青春的渴望被起航的汽笛点燃。我爬上礁石,久久地寻觅那篇关于海的故事……

此刻,大海已是静谧的所在,任自己忘掉发声的位置,把情感融进节奏,任自己敞开情怀,把心中的积郁向天地哭述,怎能不留恋这明亮而又和谐的蓝色舞台?

有一抹蓝色属于我

我迷恋那片蓝色的诱惑,但我不得不告别大海。

我走了,海从我身边退去,退得无影无踪,我眼前只有荒漠、高山、原野和孤独。

听不见浪花的絮语,听不见海鸥的鸣唱,看不见帆影,看不见海的痛苦痉挛和微笑的脸靥……

我累了,便坐在黄昏的山头,白杨林,暴风雨,轻风,落日,晚霞……我仰视高天,天空也沉在我的眼底,空虚地挣扎。我眼里是一片深邃的蔚蓝,我早已融进黄昏每一缕慈祥的关注里,也许是无始无终……

我虽然一无所获,但我体验了人生的最凝练也最辉煌的意义……

在这时,在这里,我不怕曲高和寡。

我知道,当海顿穿过荒凉的森林,枝头上泻下的音乐之雨,会在他的心灵里奏响一曲永恒的《云雀之歌》,而那云雀的歌声会伴随着他走完多舛的命运之途,化为一片温馨的记忆;

我知道,当凡·高穿过长满萋萋荒草的田埂,走进那片熠熠之辉的向日葵之林,他心灵的画布上会出现一片微笑的金黄,那是太阳的色彩,会给他凄苦的人生增添一抹暖色。

我知道,当但丁梦游三界时,他的灵魂被炼狱之火烧得吱吱呻吟之时,他并不懊悔,因为穿过地狱进入天堂,他的灵魂会得到净化和升华。

既然我已涉足蓝色的爱情之海,我心灵里就会注满蓝色的温馨,尽管这温馨里还掺杂着海水一样浓浓的咸涩……

怎能忘记,我曾经潜入你的心灵,在爱的波涛里挣扎、游动,我不知道哪里是岸,哪里是我栖息的岛屿,哪里是我的方舟。我不需要岸,不需要岛屿和方舟,我只想触动和探测人类命运魔幻般离奇莫测的黑洞。

怎能忘记,我曾经用青春的爱恋染绿你海底每一座古老的荒山,我曾经用炽热的爱的火焰熔化你海底每一个冰窟。在你波涛的轰鸣中,我采撷浪花的花环,将它系在你的脖颈,让我永远沉浸在你如雪肌肤的馨香之中。

怎能忘记,那位诗人的名言:"初恋是一面旗帜,在青春的街垒上高高飘扬。"我相信,爱的旗帜,会化为我生命的帆,鼓满劲风,鼓满憧憬和期待,在人生的海洋里跋涉、漂泊,我不怕孤独和寂寞,不怕岸的渺茫和遥远……

再见吧,这个使生命超越存在的神圣境界,这个使青春潮涨淹没苦难、凄楚、悲悯的情之海,你使我的心灵蜕变,变得聪明睿智,刚毅和顽强!你使我的躯体烧成灰烬,而灵魂却行迹如风,并贯横在人类永不枯竭的爱之海;

　　再见吧,你这充满苦难和幸福、冰冷和灼热的圣土,你这绽放着泪眼和笑靥、滋长着鲜花和荆棘的伊甸园,当我告别你蓝色的光芒,走向痛苦的荒漠,请接受我目光带给你深沉的祝福,和依依的眷恋……

　　当我远离大海的时候,我并不感到遗憾,因为那浩浩荡荡的碧波,曾滋润过我心灵龟裂的田野,我的田野上曾生长出浪花般的禾苗,还有像阳光一样鲜丽的花朵……

　　因为,有一抹蓝色属于我。

1990 年 2 月

海边小语

◎陈君葆

到海边来小住一个时期,不觉整六天已经过去,今天是第七日,照老规矩是应该休息一下了。

我对紫芝说:"今天该休息一天了,你的路子修好了没有?不过看来你的路子也许是永远不会修得好的!"

"不!无论如何也得把它修好,我们迸着血,和汗,和泪,也得把它修成功。"头也不回的紫芝依旧工作下去,浪花溅在他身上,把衣服湿透了一大半。

紫芝就是这样顽强的一个人,轻易不肯放下他所捎起来的担子。他的石子路被夜里的狂潮冲刷得无影无踪、一干二净,也已不止一次了。

海面是一片使人兴奋的寂静!

到海边来为的是这一片寂静,这使你感到无穷的生活乐趣的寂静。我最喜欢海。我想世界上更没有一种东西能像海这样使我日夕不忘,萦于梦寐了。我是在一个滨海的地方出生的,虽然不是在一个潮打涛喧的村子里,可是那祖居实际上距隔帆影波光、"白鸥没浩荡"的所在,还不到十公里的路程。可以说,我从小就爱上了海,对海产生很真挚浓厚的感情。诚然,从我的祖父和叔祖他们的口中,从小我已经听到过不少关

于浮洋泛海、远托异国那种艰苦生活的话,对于这我的反应是并不怎样羡慕,但是它也没有使得我对于海感到望而却步。是的,我对于海有着真正的好感、特别的情愫,因而纵使当它发怒时,仍不会感到丝毫的憎恨或厌恶。

逐渐地,我在悠久的岁月中,养成了一种对海洋"一日不见,如隔三秋"的向往的感觉,有时是不可以遏止的。像居留在马来西亚期间,因为住的地方离开海岸线约莫三十哩左右,路虽不怎样遥远,可是长林古木,在万绿丛中,却真的每每感到有似于"海水飞不到,山月照仍空"的一种闷闷不乐。于是一有空闲,或者一腾得出时间,自己便要到海边去住几天,或者更短的时间,勾留个一天半天也好,对万里长空舒啸一下,把抑郁的重压卸掉。我常常这样想,能让我一辈子过着海滨的生活,日夕坐对云影波光、风帆出没的变化景色,把自己忘记了在大自然的浸灌当中,这应该可以说是再大没有的乐趣了吧。

海对于我仿佛有一种强固的吸引力量。这种吸引力量的本质和性格是怎样的,一时也说不出来,而我也不想去加以分析,因为怕一经分析反会觉得索然无味了。这正和一朵鲜艳的花一样,你说它"一枝秾艳露凝香",也就够了,如果一定要追究到它的美艳的程度,香气的成分,那花是会恼怒的。很多时候,海的力量是具有一种抚慰的作用的,尤其是在你的心灵受到了创伤,或者感觉到沉痛的压迫的当儿,而当你感受到它的这样的抚慰作用时,你便舍不得离开它了。不,还不止这样,达到了那个阶段,你会觉得它好像是你的一切希望寄予的所在。也正如英国诗人安诺德所写的那样。

> 当苍莽的荒野在四周展开,
> 当两岸的景色渐趋于暗淡,

当星星一个个地闪耀出来，
而夜的轻飙把江水的呜咽，
与海洋的香气吹送到跟前。

你的感觉可能就是这样。你对它寄予你那无边无垠的希望！坐下江的船，到了将近要到长江口的时候，你倚着船舷，左顾右盼，烟水茫茫，暝色四合，所得的感觉正是如此。而当着这样的际遇，你也许还会感觉到一种鼓舞的力量在推动着自己，因之而"欣然自喜，以天下之美为尽在己"了，而又为什么不应该是这样呢？

前人说过"智者乐水，仁者乐山"，又说"智者动，仁者静"，话是有它的道理的。不过，在我想，真正的"仁者"是应该既"乐山"，又更加"乐水"的。你攀登珠穆朗玛峰，"一览众山小"，天下的峰峦都在你的脚下；而这些山，千岩万壑，层峦耸翠，一个个像海中的波浪似的，在远古的年代它们也曾不止一次地像海水那样波动过；而你现在只看到它的"静"的一方面，没有看到它的"动"或者继续在动着的一方面，那么你究竟不能够算得是山的真正知己啊！

世界上的事事物物，我以为海最觉可爱，最美丽，因为只有它是永不停息的，永远地活动着，也只有海波是永远不会睡着的。高站着在浪潮澎湃的岸边，有时你会这样问：海！你为什么总不能安静下来？你永远不肯安静下来，是因为什么呢？是因为有着天大的愁闷吗？是因为怀抱着那醇酒也不能消的"万古愁"？海永远无休息地在活动着，滚滚沸腾似的在活动着，是地心的烈火使它这样地沸腾，这样无休止地滚着？蓬莱海水"经三浅"了，往后还能看到几次的"扬尘"呢？这些，和其他许许多多的问题，你会在面对着海水时感到压迫着自己。

也许这些问题也曾同样地压迫过"东临碣石,以观沧海"的魏武,同样地困扰过那勒马印度河口,望印度洋而兴叹的亚历山大。不过这也暂且不去管了。

我说,我最爱海。我爱海的柔美,爱它多变幻,爱它的混茫的境界,它的深宏的气象。所以每到一地,如果知道有个海边的好去处,总要先睹为快。虽然足迹所至的地方并不很多,可是徘徊依恋不肯遽然离去的海边倒有好几处,就中有两个地方给我印象最深,最使我不能忘怀。这两个地方,一个是马来半岛的白沙濑,一个是阳江的海陵岛。一九二七年我到马来半岛东岸去过一次,在关丹驻足时,顺便到白沙濑的滨海渔村去逛了一下;那是正当上一年冬季淫雨所闹成的水灾过了没有几个月的时候,在薄暮的时分,远望着南中国海洋面送来的一排排的巨浪,回顾之下是岸边积着的沙滩,想象到去年的"潮头五丈高",而今"尚有沙痕在",不禁为太平洋的力量而暗暗叫绝。自然,这里还不足和日本岛东岸的九十九浬滩相比,要看到太平洋的真正雄伟力量,也许你得到日本的千叶县去住一个时期吧。

我到海陵岛去是六年前的事。那一次,我随着一个旅行团同去,我们先到了湛江,看过了南三连岛,也踏过博贺港的沙碛海岸了,最后抵达了海陵岛。在闸坡的招待所住着,翻过山背后,便是海陵岛的南海岸,那海潮的声音就是在住的地方也听得见。从岛上向南眺望,万里长空,海天一色,浩浩荡荡,浑无际涯,突然间你感觉到一种孤零的况味。这时候,太阳已微微向西倾斜,青色的天空,深蓝色的海水,合成一线处,穷目力之所及也看不到一片白帆,天上也没有一点子白云,除了脚下海滩上的一些涛声外,再也听不到什么声音了。那海天相接的一线,横过整个宇宙也似的,呈一个长长的弧形,这情景有点像在大洋中倚凭着船舷看天连水、水连天时所见。这时候,你才真正感觉到"九州南尽水浮天"这一诗句之美,而这也是生平所见过的海滨景色最美丽的一次。

那天的晚上是一个阴历十五。不晓得是因为空气特别澄澈,抑或地点的关系,月亮好极了。那时候夜潮初上,在浮光耀金的海面上,月亮比平常所见过的要大,它简直要向你的一方面飞扑过来也似的。这景致不但非笔墨所能描画尽态极妍,也真的是人生能得几回见!

海上的明月是特别迷人的,我觉得。它比山间的明月似乎还更婀娜多姿。

夜深了。海浪撞击着岸边的巨石,作出了洪亮的吼声,它又一次冲刷着紫芝的石子路,使你重想起了歌德的话:

> 水第一次显出了它的活力量,
> 当你阻挡着它的进程的时候。

海的断想

◎邓刚

　　海也和人一样,有语言,有喜怒哀乐,有各种各样的性格和脾气。

　　也许因为大自然孕育了千姿百态的生命,所以大自然时时闪现出宏大的生命形象,尤其是铺天盖地的大海,总会使你永远地惊叹和惊奇。

　　海也和人一样,有语言,有喜怒哀乐,有各种各样的性格和脾气。日月的吸引,风力的推动,地势的差异,潮汐的涨落,使海的形象千变万化,犹如无数人物。

　　——海有时像个老太太,微风细浪,蹒跚而来,在多孔的礁石丛中忙忙碌碌地这儿摸索一把,那儿抚弄一下,不时地撩起一束束白发,咕咕哝哝地说着话儿。

　　——海有时像个老头子,弓着腰身,横布着密密麻麻的皱纹,在礁石下徘徊,在沟洼里吭吭地咳嗽着。

　　——海有时像个男子汉,挺胸昂首,驾风驱浪,唱着一支雄壮的号子,拍打着断壁残崖,轰击着坚硬的陆岸,用一种疯狂的热情去拥抱和亲吻陡然隆起的大地。

　　——海有时像个小姑娘,瞪着俊美而清亮的大眼睛,好奇地注视着世界,霞光给她明朗的脸蛋儿抹上一层淡红色的粉黛。于是,她哈哈地笑着,活泼泼地跳跃着奔上岸,伸着无数只雪白温柔的小手,戏弄那些光滑似玉的鹅卵石……

海变化无穷!动如万马奔腾,静如群羊放牧,怒如猛虎下山,喜如百鸟高歌……

海的魅力在于你把她人物化、感情化。

如果你是个作家,你仅仅把海写成海,那你写得再逼真再准确再壮丽无比,也等于白写。那样,海涛只能拍打着读者的肚皮而涌不进读者的心灵。

为了生活,我十来岁就扎进海里。在刺骨的底流里,在凶险的暗礁下,凭着一口气量去猎捕海物。苦咸的海水呛进我的喉管,锋利的礁石划破我的皮肉,浪涛把我撕拽得筋疲力尽,然后像抛一块碎木片似的,毫不客气地把我抛到冰硬的陆岸上。我惊慌失措地哆嗦着,用畏惧的目光望着海,并不时地想到灌死憋死呛死撞死等各种各样可怕的死。那些张牙舞爪的浪头在我前面狂妄而骄横地沸涌着,那样冷酷残忍和不近人情,决不对我表示一丝一毫的怜悯。我无可奈何地眼巴巴望着这富有但却不仁慈的海,心里充满了愤恨和诅咒。

问题是你不得不硬着头皮再一次跳进海里,因为那时我太穷了,穷到不顾死活的地步。另外,海实在太富有了,富有得你也顾不了死活。渐渐地我不那么怕海了,在无数次拼搏中,我终于与海"不打不成交了"。正是由于苦咸海水的呛灌,我的气量练大了;正是由于尖锐的礁锋割磨,我的皮肉变得坚韧了;正是由于浪涛的撕拽,我的骨架长得结实了。我摸清了海流的速度和温度,我熟悉和掌握潮汐的涨落变化,我知道怎样在狭窄的暗礁缝隙里穿行,我知道怎样顺应浪涛的推力和阻力,我知道怎样在凶险中躲避和搏击。于是,一切都发生了

变化——我不再胆战心惊了。那震耳欲聋的涛声变成给我催阵的军号,那猛烈轰击的波浪反而成了推动我腾跃的力量。我一次次潜进海底,把肥大的海参、橘红色的扇贝、又鲜又香的鲍鱼和海螺捕捉进我的网兜里,收获的喜悦使我对大海充满了谢意。这时,尽管大海还是那样可怕地沸涌和咆哮,但给我的感觉却是另一种意义了。

我再也不会像远来的游人那样,当大海静似一面镜子时,便喜欢地高喊:"多美呀!"当大海掀起万丈波涛时,便又惊恐地大叫:"多可怕呀!"浪涛的冲刷已使我的感情变得沉甸甸的,不再有往日的轻浮。

不过,我因得意而又生出些轻狂。我以为我是在战胜海、征服海和驾驭海。但不久,我就为自己的轻狂脸红。我终于真正地发现,大海和人一样有着生命的灵性,你所谓的征服和战胜只是一种无知,大自然是不能随随便便摆弄的。一切奋斗搏击和征服,其实是一种巧妙的顺应,一种尊重和协商。否则你将十分可笑并一败涂地。由此我想到人类世界,想到那些英雄和征服者,想到名噪一时,想到名落孙山。我感觉到旋转的世界隐伏着一股无形和巨大的恒力,所有的愚蠢无知和狂妄在这股恒力面前都无能为力。

我曾坐在海边一连几个小时不眨眼地盯着浪头,看它们从千百里远的海面上滚过来,轰的一下在礁石上撞得粉碎。尽管撞得很有气魄,但跑了千里万里,就为了撞这么一下子就完蛋,实在是不合算。然而,无数个不合算的浪头撞过来,没完没了——蓦地,我感到海的伟大不是什么惊天动地和排山倒海,而是一种永远不停永久不息永进不止的耐性。你只要看一眼没有棱角的礁石和圆溜溜光秃秃的卵石,你就会觉得这耐性的力度。

搞创作以后,去北京学习,去外地开会,躲在屋子里啃书磨笔,多年没和海亲近了。然而,灵魂中的我却始终在轰响的涛声中徘徊。我似乎无数次急切地沿着辽东半岛的西岸(渤海边)和东岸(黄海边)行走,不断地重温我腾波踏浪的生活。我看到浪块砸在坚硬的礁石上,迸发出雪白的飞沫,腥咸的风推着山丘一样的涛峰移动,冰冷的水花在卵石上哇啦哇啦地反复摩挲……一些画面开始在我眼前闪现:尖锐的鱼枪穿透鱼身时的战栗,脚板踩在冰碴上那种扎心的滋味,憋一口气穿行暗礁丛的凶险,灼烫的火舌舔着半冻僵皮肉的感受;还有那蟹钳、鱼牙、狂风和激流……

我陡然顿悟了人生的奥秘,世界上决没有无代价的获取,汗水与幸福的重量在天平上绝对平衡。更深层次的悟性犹如竹笋破土般在我的心田里拔节——这个世界为什么有虎狼和鹿羊?为什么有高山和盆地?为什么有风和日丽,为什么有暴风骤雨?为什么有巨浪滔天,为什么有平坦如镜?因为没有恐惧就没有勇敢,没有凶狠就没有善良,没有悲痛欲绝就没有欣喜若狂,没有五花八门就没有五彩缤纷。没有这矛盾着的一切,就没有激烈激情激愤激动!大自然每时每刻都在昭示和演绎人类生存密码的内容,我们竟视而不见,并千百年来徒劳地追索着永恒的安逸与永无忧虑的享受。

站在辽东半岛,你完全像站在雷州半岛、站在好望角、站在大西洋沿岸,因为整个地球的海都是相连相通的。成千上万条海流纵横交错,东西南北滚滚流动。为此,任何一滴海水终将游遍整个世界。山水因地势因气候而变化,民族因肤色因风俗而各异,在千差万别的生存环境中,唯有海无比忠诚无

比宽厚地表现人类的共性。当你客居遥远的异国他乡,当你无法解脱难熬的孤独,当你思乡之情苦苦涌动之时,只有走到海边,这一切才能化解。站在世界上任何一个地方的海边,你都会感到就像站在你朝思暮想的故乡。

1998 年 9 月

海岛上

◎艾芜

一早就给水门汀冰醒了,爬起来刚扣衣钮,屋外一望无际的淡蓝色海面和几只茶褐色风帆,便像壁间的大画幅一样,明静而清新地摆在我的眼前。这是由于屋子四周的壁头,矮得来只达齐我的肚子,而上半截又是空空的,要在相隔两三丈远的地方,才撑有柱头,所以观看景致,是无须费神走到廊下去的。

右手边的大陆,带着初起的阳光,正拿晴美和鲜明的色调,将那镶着椰子树的海岸,慢慢从晓雾中绘了出来,一直迤逦地画到天水相接的远处。左手边的岛屿,耸着苍黑的连峰,显得很是庄严、静穆。山脚临海地方,则拥着一片红屋脊的近代都市,缕缕烟子,黑的、黄的,便从那儿升了起来。我不禁忘去拘留一夜的烦恼,愉快地想道:

"这无论如何是个好地方!"

但我旁边一个老头子,年纪约五十上下,押来岛上,就一直抱抱怨怨的,这时忽然叹口气,我以为又要唠叨什么了,但他却随即紧闭嘴巴,只把双手按在墙壁上面,眼睛呆呆地直向大陆瞧着。我也顺他的视线,随便望去,原来远处海岸的树丛中,有隐蔽着的东西,在不断地喷黑烟子,而且正朝这面,很快地走了过来,烟子的尾巴,就在沿途一带的树顶上飞舞着,向

后溜去。接着,传来了放哨的尖声,那喷烟的东西,像立即停止了,烟的尾巴就直直地朝天升去,并且渐渐地稀起来。于是,我即刻明白老头子叹息的原因了。因为他昨天告诉我,乘船到这里,还要搭火车,赶到别处去的。

昨夜他就拿瘦削的身子,躺在水门汀上,翻来覆去地,时常咕噜着诸如此类的话:

"这是兴的什么章法呀,搭统舱就该受这样的罪!"

原来这时正是热带的四月,我们起身的地方,如麻德拉斯、加尔各答,以及仰光,都已宣布为印度洋上的疫港了。因之,这儿的政府,便把我们这些不干净的三等搭客,先叫防疫所拿来消毒一星期,然后才准自由上岸去。昨天一押上这小岛时,我们的行李,便通通送进消毒室放着,所以夜来大家只能光身子困在水门汀的地上。上半夜倒觉得这很凉快,可是一到下半夜,海上润湿的风吹了进来,便特别感到寒冷。而这位上了年纪的人,就更加受不住。天尚没亮的时候,我便听见他接连打喷嚏,随后就是咳嗽。现在他那按在墙头上的枯瘦指头,和两片略略张开的薄嘴唇,还正在微微颤抖,好像海上吹来的晨风有些使他受不住似的。他这时的视线已移在海面上了。海面上正横驰着两只黄色渡轮,一只由大陆到海岛去,一只由海岛到大陆去,都是楼上楼下满载搭客的。船前船后,涌起白色浪花,竟将镜平的淡蓝海面,划出两道宽大的波纹来。浮在旁边的海鸥,立即惊起,泛着晨光的空中,便飘闪着了银白的羽翼。

"唉,我该多花点钱,搭二等舱的。"

老人神情激动,梦幻地小声喃喃着。于是,我就随口安慰他一两句,说是只要安心住下去,几天的光阴,是过得飞快的。

不料他突然惊醒地望望我,仿佛失悔刚才说话不谨慎一般,连忙改正道:

"就是没多带钱哪,要是……那多好!……"

话说得不大顺口,而且干瘪的脸颊上,也泛起了不自然的红来。等一下,像又觉出该回答我刚才的问话了,赶紧说道:

"你是说要我安下心么?咳,我就是不能安心呀,人家有紧急的事情。"

一壁摇摇头,一壁朝屋里打量,脸色显得不安,还有些胆怯。

屋子长二十多丈、宽四五丈的光景,空空的,没摆设别的东西。只那一头,住着七八个印度人,是来自麻德拉斯的,又矮又黑。这时正打起盘足,像菩萨似的,团团坐在水门汀上,手里擎起铜杯子,喝他们自己烧的咖啡茶。这一头,除我和老头子而外,地上还睡着另一个中国人。他正打着鼾声,睡得十分甜蜜,下身只穿条黑布裤子,夜来搭在上身的衣衫,却已溜到地上去了,裸出的胸部和手腕,肌肉显得棕黄带黑的,又结实,又硬朗。早上的海风,水门汀的寒冷,仿佛都与他没相干,倒像这儿的一切恰好给他安置得很合适似的。

在印度洋三天的航程中,我就认得他了。因为他是无票搭客,船主清出他之后,便狠狠羞辱他一顿,给他戴上洋手铐,蹲在船尾上面。但他并没把这当作一回事,倒反而对那些望他的人睁着嘲笑的眼睛,大胆地哼他的歌曲。有人好奇地问他:

"奇怪了,你怎么上的船呢?"

"奇怪了,为什么我不能上船呢?"

学对方的嘴,这么骄傲地回答。原来从印度和缅甸地方,

海岛上

要到马来半岛以及海峡殖民地,第一,需要领护照,没这东西竟连船票也不能买到。其次,海关检查顶严,这回是连船上的水手,也抱着铺盖席子,上岸来点名,且受药物的消毒。当然这位无票搭客是十分惹人注目的了。

我是初次航海的,为了看海便利,就日夜住在船尾上面,而他呢,也就变成我顶相近的邻居了。因此,从他口里流出来的歌调,也有时溜上了我的嘴唇。当我听见他在唱一首航海之歌的时候,我就问他:

"你做过水手么?"

"怎么没做过?你看,我不是在管舵?"

他狡猾地眨一眨眼睛,就把他那双戴铐的手,做一下左右旋转的姿势,然后突然笑了起来。我心里想道:

"这是个有趣的家伙,可是你得不着他的真话的!"

所以,我也就不爱打听他到底是做什么的了。但昨天押上防疫所的小船时,老头子却对他打起招呼来,并在岛上吃夜饭的当儿,还把开了的咖喱牛肉罐头,客客气气地递在他的面前。今早我记起这情形了,我就问老头子道:

"你认识他么?他是做什么的?"

老头子打量我一下,没有回答,只向海面说道:

"今天这样的天气,倒好走路呵。"

随即到屋后空地上去了,空地是夹在我们这座屋和对面一座屋中间的,比屋子占的面积大些。挨我们这一头,全是干净沙地,上面罩着几株伞也似的绿荫。两个鼻子上戴有金环的印度女人,便在树脚下,拿砖支起扁锅,用奶油在煎面饼。另一头,则敷着水门汀,置有自来水管,三个着白衣的印度男子,就在那里静静地向西礼拜。他们和这边的两个女人,是来自孟买,都住在空地那面的一座屋中。像这样,两座屋夹一块空地,四周围以铁篱,右边当中开一小门,终日上着锁的,便是一个"坎蒲"①。在我们后面以及右边,类此的"坎蒲",就还有好些个哩。

这时一个白人和两个马来医生开门进来了,叫我们两座屋子的男人,一起排立在沙地上面,且将上身裸了出来,女的却仍旧留在屋里,披着衣裳。首先,由英国人巡视一下。拿手杖敲敲那些脱衣服迟了的。随即,便是马来医生拉着每一个人的手臂,种牛痘,老头子站在我的旁边,趁英国人走到面前,就作出可怜的样子,一面行礼,一面喊"德白,端!"②接着便继续拿马来话恳求起来,说是家里有儿子生病,必须赶快回去看看,并又担保自己一点病也没有,尽可放心,打发他今天走路。他说时,鼻子却显得十分涩塞,而且裸露的上身,瘦骨棱棱的,还不住打起鸡皮皱。英国人没有答理,只将偏起听话的脑袋,掉回原先的位置,就走开了。

屋里的那个强壮小伙子,这时也已站在我们旁边。见英国人走后,就回头望一望铁栅篱,讽刺老头子那么似的说:

"这要走容易嘛,一跳就跳过了。"

"你怎么不走呢?"

我笑着这么问他。他就把两手朝外一摆,庄重地说道:

"走?这样好的地方,出钱都找不着!"

挨正午的时候,扫地的印度杂役又将铁篱门打开了,叫我们出"坎蒲"去领食物。发食物的地方,就在离"坎蒲"不远的

---

① 英语 Camp 的音译,在此处意即拘留营。
② 马来语,意即"敬礼,先生"。

海边,昨天晚上我们曾去领过一次的,形式像一座商店,两三个加加族印度人(他们肤色不黑,也不大棕黄,个子也不高,是信仰回教的),就用磅秤分配东西,并另外贩卖各种食品以及罐头。我们三个人是作为一份发的。领的时候,强壮的小伙子,先把洋山芋、干鱼递给我。他自己则拿米和小包的茶叶与盐。然后很气派地向老头子努一下嘴,说道:

"对不起,你抱那捆柴吧!"

我看老头子抱起有些吃力,就要他同我掉换过,但强壮的小伙子却立刻向我眨一下眼睛,意思叫我不要管闲事。他随即一边走,一边笑扯扯地向老头子道:

"林老板,你怕十多年没做过这样的事吧?"

老头子没有回答,只那张阴郁的脸上红了一下。

煮饭的时候,也由小伙子做主,他叫我坐在树下,削洋山芋皮。自己则蹲在野灶(三块砖头砌的)旁边,看守米锅。至于劈柴、洗菜等等麻烦事情,却全吩咐老头子去做,并不时嘲笑他,教训他:

"喂,你老人家怎么那样笨呀!……看着,这样砍的!"

我心里很起反感,等老头子去洗菜时,我便请他停止这种残酷的玩笑。

"这算残酷么,老兄?……你知道,他先前怎样管我们的?……你以为骂骂就算了么?……嘿,那是拿皮鞋尖这样踢哪!"

小伙子一面就提起脚来,朝锅灶比了一比。随即仿佛忍着气那么似的,说道:

"现在而今么,开开玩笑就是了!要是算旧账,那——"

轻蔑地望一下老头子,便停住嘴了。我就挖根底问道:

"你先前在他底下做什么呢?"

"你问他嘛,他一定记得的。"

跟着,紧闭嘴巴,只顾朝灶里添加柴火。

吃饭时,为要风凉,我们便端到廊下去吃。小伙子像家主似的,坐在正中。一面吃饭,一面暗暗对老头子发起议论来。老头子明白是在故意为难他,便一直拿气忿忿的脸色来回答。

"到这里,想不流点汗就要端碗,那简直是黄鼠狼想吃天鹅蛋!砍点柴,洗点菜有啥要紧?又不是上山抬石头。我们不能像那些混账地方(顺手拿筷子指一指大陆和岛上的城市),有的人,懒得来像条猪,还拿脚踢人家的屁股。——呸,这干鱼,简直是烂的!滚他妈的蛋,鬼捉去!"

接着,便为这里的菜太坏抱怨起来。

这天下午,老头子很不安静,总在廊下走来走去的,要在海上传来放哨的声音时,他才略微停下脚步,将手掌遮在额上,向远处出一会儿神。

第二天早上,英国人和马来医生又来检查了,老头子便再来一次恳求,样子更加显得凄凄惶惶的,说是不让他走也可以,只是要另外换个地方。这回英国人倒开口了,然而却是一个"No"。小伙子没说什么,看老头子一眼,便冷冷地噘一噘嘴巴。

老头子十分颓唐了,吃得很少,也不走来走去,也不大望海,只坐在人不注目的地方,轻声咳嗽着。

小伙子却特别高兴似的,爬上墙壁,靠柱头坐起,朝着海,大声唱歌,把"我好比笼中鸟,有翅难高飞"翻来覆去地哼。

这一天晚上,行李发下来了,老头子却把他的东西特别摆来挨近我的,并趁小伙子睡觉的时候,拉我到廊下坐着,现着讨好的脸色,悄悄告诉我道:

海岛上

155

"你得小心你的东西哪！……他是个滥到底的家伙，什么事做不出来？……你看他，手板大的东西也没有……喀喀喀……我并不是害怕他，就是犯不着同他一块滥呀！……他在仰光，进馆子不给钱，哪个不晓得？这回你是亲眼看见的，扣在船上。其实何止这一回呢？我是看得多哪。……他倒教训起我来……喀喀喀……什么吃饭应该流汗，难道我活了四五十岁，还不懂这些，全是在我面前放屁罢了。你看他自己，就单欠一根棍子和一只碗了。先前小时候，我倒看得起他，勤快、肯做事。人一大，便学坏了，第一就偷懒。现在简直滥到没有边！……喀喀喀……我真不懂，红毛鬼为什么兴这些章法？好人坏人，黑白不分，全给你酱在一块！有病不说了，没有病，你把人家关在这里做什么？我那小儿子，病得九死一生的，现在不晓得怎么样了！"

叹一口气，接着剧烈地咳嗽起来，并赶忙把口痰吐到沙地上去。这时海面上是漆黑的，只有少数的小船带着红色的光点在浮动着。右边要不是隐蔽车站的树丛地方有灯火漏出来，确会使人忘记白天那儿原是有着大陆的。左边的岛屿，则真是万家灯火，通体灿然，都市的姿容更比白天显得华丽些、有生气些。老头子望了一会，感叹道：

"隔得这么近，谁料到这样不相同！……所以世道上总缺少不得尊卑上下的……咳，你我好人，一到这鬼地方，哪还不落难呢？"

渡船现着通明的光辉，从海面划过，楼上楼下的搭客，都比白天看得明白些，我就指着说道：

"其实那边落难的也不少哩！像那些搭三等舱、三等车的，这时恐怕还不及我们快活吧？再看远点，你保得定那边码头上没有人为了吃饭跳海么?"

"那自然有的！那自然有的!"老头子赶忙接着说,"但你要晓得,那全是活该呀,有的人勤吃懒做,有的人不务正业,有的人又嫖又赌,有的人……"

我截断他的话,不高兴地问道：

"难道他们就全没一个好人？我就晓得许多……"

他也急忙转过话头。

"那自然有的！那自然有的。不过……喀喀喀……你让我说嘛,你要晓得,那一谈就谈深沉了。定规要谈到一个人生来的命。还有,以后走不走运也是顶要紧的……"

往下说去,我见老头子对人生抱的那份阶级成见,是那么固执,那么不可救药,便不再同他辩驳了,只打一个呵欠,说道：

"不早了,我们去睡觉吧!"

他进去,先看看箱子上的锁,有没有翻动的形迹,再查一查网篮上捆的索子,是不是有人解过,然后又把网篮和箱子,各各掉换一下位置,使锁的地方和索子的结,务必挨近自己。他坐在地铺上,还不睡觉,老是摸出铜板角子来,一个一个,摆在足边,咕咕咕咕计算着,有时还间杂一声叹气,或者咳嗽。

屋里终夜有着灯光,已经使人不好睡觉,加以老头子在旁边这么吵人,越发叫我难于入睡。可是,对于老头子夜间的情形,就更加看得清楚了。有时十分令人好笑,明明是看见他睡着的,鼻子还有鼾声,但只要屋子里有人起来解手,发出走动的声响,便会像梦游病者似的,突然翻身起来瞪起很大的眼睛坐着。

第二夜,我是离开他些,独自熟睡我的,但他却因咳嗽失眠,渐渐病重起来了。来岛上的第四个早晨,英国人照例来检

海岛上

查的时候,他竟自头晕眼花,爬起来,重又跌倒下去。

小伙子起初快意地说:

"活该!活该!还是我这光棍好,一觉困到大天亮!我怕哪个来偷我的卵毛?"

后来却因老头子凄惨而哀痛地不断地呻吟,刺人心紧,他便皱着眉头忿怒地向我说道:

"恨不得一脚把他踢开!……我实在听不得了,我实在听不得了!"

我便提议请医生来看了之后,再求他们把他移到病室里去。

传达上去了,回话说是就来,但午后等过去了,黄昏也等过去了,还是总不见医生走来的影子,只是病人的呻吟却更加来得大声些。于是,小伙子便由切齿的诅咒改为粗野的痛骂,连一切的红毛鬼、马来鬼,都认为是该杀的东西了。

直到夜深再报告一次厉害的情形上去,英国人同马来医生才带着酒气来了。诊视的结果断定是严重的肺炎,如果病人有钱,明天可以用渡船送到那边岛上的大医院去,否则,是没有办法的,也许竟会很快就在这个小岛上送命。

于是,我就俯着身子,向老头子说明须要出钱进医院的原由,并问他到底有没有带多的钱,好准备明天上岸。他睁开发红的眼睛,迟迟疑疑地听了几次,然后才抬起颤颤抖抖的手,指一下身边放的一口褐色皮箱,接着,没有说话,便又放下手,闭着眼睛了。嘴却是一直张开,喘着气的。

我立起身来,便看见旁边站立的小伙子,正拿手乱搔着头发!神情有些激动,随即又很快地抽身逃到屋外去,显得十分不安似的。

医生走后,我便到廊下去呼吸一会新鲜空气。漆黑的海上,已没有什么灯火在浮动。岛上的都市,也仿佛沉入梦中,只有稀薄的灯光,在表示它朦胧的存在。山和天空已混成一色,有灯的地方也变成星光一样。远处水天相接的所在,往夜还不曾注意到的,这时便看见有个灯塔,正对着寂寞的大海,独自一明一灭地眨着眼睛。

在黑暗中久站一会,便看见小伙子了,他双手抱着头,坐在廊下,不声不响的,我就问他道:

"你在做什么?为什么不进去困觉?"

他好一阵才回答我,双手从头上落下来,且朝外一掀。

"真是有鬼,我忽然想起一件不痛快的事情来了!"

"什么事情?"

说着,我就挨近他身边,坐了下去。

"你说什么事情?……先前在苏门答腊的时候,我替人家割树胶。妈的,住的屋子,又老又旧,耗子多得很,白天都要出来……我们一得闲,便提起木棍打它。耗子那东西,真狡猾,一跳一蹿,简直不容易打着。有时候,要凑巧,才恰好打得着一个。那真使人高兴呢……有一次,妈的,这就是我说的不痛快的事情了。我一个人走进屋里,恰好看见一只耗子在屋子当中,我就赶忙抓紧棍子,轻轻关着门,还去把墙洞塞着,心里快活地想道:'妈的,这次看你逃跑嘛!'不料眼睛只顾盯着它,足下一个不留心,便踏翻了一只空洗脸盆。我才着急:'糟了!'哪知它全不动,好像没耳朵似的。我便走过去,拿棍子尖戳它一下。它立刻倒了,样儿怪软弱的,好一阵,才翻起身来,要跑又跑不动,大约是病了。我随后提起棍子,也就把它打死。可是,不知怎的,心里总觉得这打得不对劲!没有往回那

么高兴!……其实呢,我倒一点不可怜它。打死了也没什么要紧!只是感到,要痛快一点,就更好些。"

他随即站立起来,走来走去的,起落着沉重的脚步。

睡觉时,因为过了时候,总不大睡得着,便闭着眼睛静静养息。先前还可以听见较远的"坎蒲"中,有南方的印度人曼声唱着别离乡井的哀歌,后来便也静静悄悄的了。空地的绿荫里,间或有野鸟拍动翅子的声音。海岸边则时常传来潮水拍岸的声响,有时大,有时又小了。

大约半夜光景,我看见小伙子爬起来了。他在屋里走了一下,咳嗽几声,见各处没有动静,便朝病人那里走去,一直俯下身子对病人望着,好像又在病人身上轻轻地摸着什么。

我想:这家伙真是手脚不干净哪。打算看个究竟,身子便动也不敢动地躺着。

很快一下,我就见他摸出一串小东西来了,迅速地直对那口褐色皮箱的锁透去,我刚明白那是钥匙时,箱子已经开了。他立刻掏出一只皮夹来,那快的程度,好像他早就知道那是放在什么地方一样。我正担心,他把老头子的钱全拿了,岂不送掉老头子的命。哪知他把皮夹子打开,并不从里面取出什么来,倒反将他衣袋里摸出的一卷东西塞了进去。然后放进箱子,关好盖,锁上。随即钥匙也送还到病人那里,便蹑手蹑脚回到原处去睡了。我奇怪起来,这家伙到底干些什么鬼把戏呀。便故意转动一下身子,使他明白我是没有睡着的。他就抬起头来,望一望我,便仍旧躺下。

次日早上,英国人派个中国人来了,先问老头子带了多少钱,一一记在手册上面,同时更为了小心起见,还请求老头子,让他点点皮夹子里面的数目,是否符合口里说的。这时,我看见小伙子站在旁边微微笑着。我自同他相处以来,每次看见他的笑容,都不免藏有狡诈或者嘲弄的神情,唯独这一回是显得满意称心的。

我看见老头子病恹恹给人抬起走时,不禁感叹起来:

"这明明是糟蹋人呀!什么防疫?好端端的却给他们弄成这样!并且,没有病,不准登岸,有了病,倒反而可以了,简直是拿人来开玩笑的!"

小伙子却独自冷冷地说道:

"那何消说得,红毛鬼根本就不是东西!……这个老家伙呢,其实也算他祖先牌位供得高,不生病的话,你看——哼!"

接着他就将他的嘴,凑上了一支香烟,不开腔了。

于是,我恍然明白他昨夜的举动,原是把前一晚偷的钱暗地地退还给老头子了,便会意地点点头说道:

"昨天晚上,我看见了。"

这时他一面吸烟,一面便坦白地向我说出过去许多经历来,毫不像先前,一问到他的底细时,就拿开玩笑的态度来回答的。他自己也承认,他现在是做这门手艺的,并认为这是顶好玩的事情。他拿手指弹一弹香烟灰,继续说道:

"你看,有些人样子多骄傲呀。其实呢,并不比我们多一个鼻子眼睛,请问,有什么了不得的地方?那无非穿得好,皮夹子里多几张纸票罢了。这样的家伙,我顶讨厌!起初我学会这门手艺,只为好玩,并不打算真的去干。后来,到处都碰着这种人,电车上,闹热地方,哪里不是?我就在旁边想道:'好,你骄傲么?我就要开你的玩笑!'这样一来,才觉得这是顶有趣,顶好玩的!无论如何也舍不得丢手了,就像吃鸦片烟上了瘾一样。有时候,也摸金表、自来水笔,自然这不对,不过

海岛 上

161

那是实在逼得没法了!"

我笑着问他:

"你这次生意怎么样?"

"全倒楣了!"

他也笑着回答我。

"那你登岸怎么样呢?"

我不禁有点替他担心。

"那我不会马上开张么?"

他挺一挺眉毛,又恢复了他那种嘲弄的笑容。接着把香烟大大吸了一口,就丢在地上,一面拉动脚步走开,一面诙谐地说道:

"说不定他们会接我去玩几天的,哪能叫我一上岸就淘神费力呢?不然,那就太不够朋友了!"

离开小岛这一天,我们都立在海岸边上受最后一次的检阅。头上虽是晒着焦辣辣的太阳,但因为可以登岸,大家便仍然显得很是快乐的。当我们还未踏上驳船时,那边岛上的警察便驾来一只小汽艇,将小伙子押了上去。汽艇开动了,他便从窗门上伸出头来笑嘻嘻地向大家挥一挥手,好像十分高兴,仿佛我和一批印度人立在海边上,专是替他送行似的。

这时,海上没有风,四周淡绿色的海水,反映着强烈的阳光,也仿佛有些烫人似的。

1936 年 9 月 24 日,上海

海上奇遇记

◎丰子恺

破晓,我被房舱外面的旅客的嘈杂声所惊醒。起来,向圆形的窗洞中一望,但见天色已明,台湾岛的海岸清楚可见。参参差差的建筑物,隐隐约约的山林,装在圆形的窗洞内,好像一件壁上装饰画,怪好看的。我睡的是下铺。睡在上铺中的是我的女儿一吟。圆窗洞就在上铺的旁边。我叫醒一吟来:"台湾岛在迎接你了!快起来和它相见!"她坐起身来,面孔正好装在圆窗洞里。我就向自己铺旁的盥洗盆里去洗脸了。

和我们的小房舱相连通的较大的房舱,是同行的章先生一家住的。我们两人,他们四人:章先生、章太太、章姑太太,和章小姐阿宓。他们这时候也都已起身。一吟洗过脸就出去看热闹;我坐在两个房舱交界的门口,点一支烟,和太太小姐们闲谈。章先生就走进我的房舱来洗脸。他把上衣脱去,又把手表除下,放在一吟睡的上铺上,然后从事盥洗。我偶尔站起身来,向上铺旁边的圆窗洞里望望,但见海岸越来越近,我们的船快要和台湾岛握手了。我是初次到此,预想这海岸后面的市街、人物、山川、草木,不禁悠然神往了几分钟。我从圆窗洞里收回视线,看见上铺的垫被上放着一只手表。数十年的尘劳世智,使我本能地感到这件物资的所有权的安全问题。它和圆窗洞之间,约有两只手臂长短的距离;从窗外无法取得

手表。我就毫不介意,仍旧坐下来和她们闲谈。其实,我上面所说的那种本能的感觉,非常模糊,绝不曾具体地想到从窗洞中伸手取表的事实。好比平时拿起茶杯来喝一口茶,把茶杯还放到桌子上的时候,本能地放在离开桌边稍远的地方,以求茶杯的安全;但决不具体地想到茶杯翻落地上而打破的事实。况且,我是以抗战胜利国的国民的身份,来此探望我们的失而复得的台湾岛的;兴奋之情和沧桑之感充塞了胸怀,谁还想到"偷表"这些猥琐的事呢?

岂料这只表果然不见了。章先生盥洗毕,穿好衣服,戴了他那副深度近视眼镜,把上铺的垫被到处地嗅。"我的表阿宓拿去了么?"章小姐说"没有"。于是大家来寻。上下铺的毛毯和垫被都翻过;章太太又拿出电筒来,向下铺的底下探照。遍觅不得,外面又无人进来过,于是确定这手表是被人从圆窗洞中弄去了。我们努力回忆手表放置的地点,以确定其对窗洞的距离。我们起初惊讶偷表者的手臂的长,后来确信他用钩子钩取。经过了数分钟的喧骚之后,大家对这手表表示绝望,坐了下来。一向被人称为"达观"而自己称为"糊涂"的章先生,早已置之度外,烧起卷烟,高谈阔论他去年在香港买得这表的经过。他买这表出港币七十五元。我说:"港币七十五元,约合金圆四五十元,即一张船票的代价。譬如你家再多一人来游吧。"他说:"多一人来游,还要替他买回来的船票呢!"我说:"那么,你再丢一枝自来水笔就差不多了。"满舱的人哈哈大笑。

茶房进来了。这茶房非常客气,临别请我们吃牛奶咖啡。因为前晚账房先生在旅客名册上看到了我的姓名,特来访问。请喝汽水,要我画画。今天茶房也如法炮制。谈话之中,不免说起了刚才失表的事。此君非常愤慨,定要查究。我们再三阻止,他不答允。他说:"这轮船的特甲三号房间失脱手表,与我茶房名誉有关,非查不可!"这样一说,我们就不便阻止,只得听他去查了。他报告了账房,会同许多人,在舱外走来走去,东侦西探。在我想来,在这样大的轮船,这样稠杂的人群之中,要侦探这样小的一只手表的下落,真同海底捞针,是不可能的事。他们是敷衍我们,表示好意而已。

约摸十分钟之后,茶房面红气喘地跑进来,拿着一只手表说:"是这只表么?"向章先生原物奉还,又说:"妈的,一个穿雨衣的年轻人,终于被我查到了。已经打脱几个耳光,就要送警察局。"这时候船已靠岸,乘客已在开始登陆,圆窗洞外人影渐稀。但见一只粗而黑的脸装在圆窗洞内对我们得意地笑。茶房指着这脸说:"是他告发的!他看见那年轻人用钩子弄去,我们一查,果然查到这手表,还有一打毛巾,是别人的……"章先生摸出两张五元金圆券来交与茶房,茶房就从窗洞中交与那脸。那脸一笑就不见了。据说这是一个走单帮的。茶房便咆哮地把侦查的经过向我们反复讲了几遍,最后翘起一根拇指得意地说:"我是福尔摩斯!"他旋转身来,指着门口说:"你看,这样一个家伙,不要脸的!"

港警已把那年轻人和他的三件行李带进大菜间来,等候乘客上陆完毕,然后押送警察局,这大菜间做了他的临时拘留所。我走出房舱,站在角落里偷看那人:穿着蜜色雨衣、雨帽、西装裤、黑皮鞋;脸色光润,眉清目秀,轩昂地坐在大菜桌边的靠臂椅子里。我怕他难为情,所以站在角落里偷看他;他却旋转头来堂皇地看我,反而使我难为情起来。这个人相貌堂堂、衣冠楚楚,原来具有养成英雄豪杰、贤良圣哲的可能性。只因千丑万恶的社会环境逼他堕入暴弃,造成了眼前这畸形的结果——相貌堂堂、衣冠楚楚的一个窃贼!

　　茶房从他身上搜出文件来,交章先生看。我听见章先生不断地"啊哟,啊哟",也挨过去看。啊哟,啊哟,原来其人是某地某望族的后裔,曾在有名的某学院肄业,经一位正直的某教育家的介绍,到某地某高级中学去担任训导主任兼史地教师的!这意外的消息,倒使我们十分为难了。区区一只手表,想不到会惹出这样的一个大问题来的!章先生就向船上人要求,请勿送局,顾全教育界脸面。但是港务局的警察为了责任所在,一定不肯放走这窃贼。章先生要求替他把三件行李带去保管,待他放释后来领。这以德报怨的请求,警察也就答允了。我们六个人,自己有七八件行李。这位"训导主任"的三件行李便加入其中,一同登陆,运送我们的住处。我是以抗战胜利国的国民的身份,来访问我们的失而复得的台湾岛的。我的脚最初踏上这土地的时候,照理应该十分愉快,现在只得九分!下文我也懒得再写了。

1948年10月10日在台北作

海

◎唐弢

少时候我爱海,现在也还没有改变。

老家是坐落在东海之滨,虽然离岸还得一二十里路,但我曾去闲逛过。那儿没有高大的山,没有葱郁的森林,有的只是一片白茫茫的海。

潮落的时候,也常到海滩上去捉螃蜞,拾螺蛳儿;晚上就宿在近海的亲戚家,听风刮着海潮怒啸。这当儿我是黧黑而健康,小小的年纪,就这么走上几十里路满不在乎。

我们全村子多是务农的。我也爱耕,爱牧,爱绿的田野蓝的天;可是,我的父亲偏不愿我干这勾当。

我分别了这个海,又到别的海滨流荡着。海水也许还是同样的味儿,也许不一样了,我可不大清楚。但当受了委屈或心头不高兴的当儿,我还得跑到海边去,高高地长啸几声。

海,它给我安慰,告诉我什么是伟大。在清晨,地球刚从黑夜里苏醒过来的时候,碧澄澄的水波微漾着,海面罩着淡淡的雾气,渔帆在迷蒙中开始出现;随后太阳上来了,海波闪烁出黄色的、蓝色的、紫色的花纹。

但这可不曾支持多久,近海的天气怎地难以捉摸,一会儿天空给黑云掩住,狂风毫无遮拦地刮起来,从闪电的云端里,下来一阵践踏似的暴雨;天昏地暗,波涛是如临大敌似的呐喊,高掀时仿佛像要从水面飞去,白浪到处奔腾着;大自然像疯了一样。但接着天空重又开霁,依旧是静穆的微漾的一片。

我也曾在暮色苍茫中登临过面海的悬崖,听鹳鸥的长鸣,四顾无人,下瞩洪荒,感觉到天地的悠久和人生的奄忽,不禁流下几点感伤的眼泪。

在这短短的几年里,我各处流荡着,到南又到北,我遇见同样的海,同样的晴和雨,同样的幽静和雄伟,但从不曾再遇见我那黧黑而健康的童年。

6月23日

海岛上

◎单复

你曾见过那个岛吗？那有着碧色的波,与白色的鸥的?潮来,浪涛冲打嶙峋的礁岩,嘣的一声迸碎了。岛上,遂开了雪白的浪花。浪花里片片归帆,给渔家带来了快乐,欢笑,也带来了碎心与号啕。既夕,海水默默无言,吻着苍白的沙滩,遗下璀璨晶莹的泪珠,那美丽的、光彩的贝壳——招手而去。于是渔夫、渔妇、娃娃、婆婆、鸭子都在沙滩上出现了,像探险,一个个弯下腰,朝沙滩里捡,一只蟹,一只蛤,一颗海星,捡呀捡,人与鸭都有了一顿腥鲜的晚餐。把背上的鱼篓捡满了,夕阳西斜,沙滩,礁岩,遂都给渲染在一片金色的斜晖里。那和谐,那美,令人忘了劳顿,忘了酸辛。于是三三两两,作阵作伴,手搭着肩,唱起小渔曲慢慢归去。村里,炊烟已袅上屋顶,淘气地变幻着淡身子,愈淡愈轻,终于溶合在暮色的苍空里消逝了。

渔夫们热爱着他们的伙伴,他们的海,他们沉醉在海的自由的爱与恨中间,谁也没曾梦想过,会有一天他们竟不能自由地到海上去。

三年前了,——这条长的日子是多么难挨呀!——敌人为了准备南侵,想以这海岛作为一个小小的供应站!就在一个苍茫的黎明时分,以大炮及两架重轰炸机作掩护,使三四十

只橡皮艇,不费力地靠拢了岸。等到血红的太阳从海里面滚上来时,岛上的人民已经发现海不是他们的了。海和海里的鱼被敌人封锁起来,他们永远不能再出海去。

我将怎样写下去呢?不能出海,不能捕鱼,渔人们只有死亡,要出海,要捕鱼,渔人们依然死亡。两把刀架在他们颈上,争斗和死亡的故事一套接一套地在渔村中涌现,我将挑选哪一件来写呢?

自从敌人来了以后,岛上就没有了温饱。渔夫不能下海去捕鱼,而沙滩上的细沙又不能当饭吃,许多渔船被浇上煤油烧毁了。饥饿像暴风雨似的袭击着这不幸的海岛。许多老弱的都倒下了。饥饿的孩子,吃着随便什么攫得到手的东西,不管是臭的抑或烂的,婴儿吸着母亲无汁的干瘪的乳房,凄厉地号哭着,而母亲,她那双搂抱爱儿的消瘦的双手,也早已僵硬了。

这情形,小伙子们是不能忍受的。有一天六七个矫健的年轻人,偷偷地相约好了,从破漏的茅屋里,携出了网罟与鱼罟,分成几路,不敢结成小队,散散落落地,像夜游的幽灵似的,摸索着下了沙滩。午夜的空气,冰冷得像凝固了。澎湃着的海在黑暗中咆哮着,使人想起一匹饿慌了的狼在呼叫着。海风狂暴地掀起浪涛,把它冲击在礁岩上,待它迸碎了,就呼呼地朔声狂笑着,滚腾着,呼啸着向辽远奔去。这些年轻的渔人们是不怕的,他们像走在家人们的欢呼声中,熟练地把船缆解下。当他们的脚涉下冰冷的水里,他们的手摸着船沿时,他们的心急剧地呼呼地跳动了。海水是冰冷的,船沿是坚硬的,但他们却觉得异常地亲切,甚至于有温暖之感。这海,这船,从他们遥远的童年起,就亲切地混熟了,像良马熟识它的主人,他们不但了解它的一悸一动,一呼一吸,还准备把整个的身心贡献给它。他们的脚是浸在海里,攀着船沿,他们矫捷的身体,一跃就上去了,破洞的船里倏地挤满了人,就沉重地低陷下去。而海面伸出它底浪涛的臂膀,欢呼地把这载满着它底孩子的渔船迎接了去。

夜更深更浓,天与地漆黑得缩成一团。渔船向浓墨般的海面驶去。在这沙漠的海上,它是可怜的一点,不值得注意与爱惜的一点,但这一小点,是被七颗跳动的、滚热的心,与十四只臂膀驾驭着,载住了岛上七户人家的希望,它是被几十条生命的细丝,紧紧地,隐秘地系住了的,因此它无畏地随着怒涛起伏在激溅的浪花里驶向无定的大海。在平日,这会引起他们怎样有力的骄傲,和狂热的、胜利的喜悦。在平日,这时的海上,是该浮遍了点点海灯,告诉他们有许多同命者在外边等着他们,叫他们放心前去。告诉他们即使险恶的风浪会遭不幸的命运去袭击他们,可是,只要悲惨的呼救从遥远的海面上传来时,那些同命者就会敲起各种互相警告的螺壳,用空洞的啸声,召唤四方八面的船同去向海争斗,把他们夺回来。可是,现在海上是多么寂寞和恐怖呀!这样狂怒的辽阔的海上,只有他们这一小点。而他们应该提心吊胆的,却不仅仅是自然的暴力,倒还有那敌人无时无刻不紧压着他们的心的威胁:

"……凡本岛渔夫,如敢擅自下海者,以通敌论,一律格杀……"这是敌人登岛后三天,即贴出来的通告。这条通告已给风风雨雨侵蚀得破碎零落了,却永远存在着,沉重地压着每个渔民的心。

从风浪里,渔船拢近了岛的南端,那里,一片突出的岩石横断了大海的一角,将北面刮来的风挡住了。屿内的海就较

为温柔而平静。一些经不起风浪的鱼类,就相率生活于这平静的一角,一网一网地给渔夫捕捉了去。他们提起网,撒下去,在许久不见网的海里,鱼类比平时更多。每次,当渔网从水底里提出来,总是那么跃动,那么沉重,舱里被喘跳着的、各式各样的鱼堆满了。磷质的鱼鳞发着青色的萤光,映出鱼儿凸出的晶亮的眼,船也沉沉地吃水更深了。一个美丽的梦从他们的脑子里织开来。掉过头,将船向北驶,越过了原来的、那段风浪险恶的航程,像来时一样,偷偷地将船靠拢沙滩缆好了,像没有发生过什么变故似的,不留下一丝痕迹。然后,将跳跃着的鱼,一尾尾,装进篓里,挡着,朝破碎的家回去。啊!饥饿着的爹娘,干瘪了的妻女,倒下去晕了的,老的少的,你们都来看呀!这么多的鱼啦,大家陷下去的脸都笑了,失去了的笑影又回来了,失去了的红晕,失去了的面颊的桃色都回来了,重现了……唉!梦呀!你别欺骗他们呀。

　　船舱里鱼泼剌地跳跃着,作最后的挣扎。虽然船是那样沉重,像一只怀胎的母牛,失去才去时的轻快活泼,不好驾驶。但希望在他们的臂膀上,灌满了力气,带着一个美丽的梦,渔船向原来的海面,蹒跚地回航。海水已经涨平,开始在退落,风力已杀,波涛也稍为平伏了。这一切对于一只载重的船,是十分有利的。渐渐地他们将接近梦的边沿了。

　　阴霾跟着他们美丽的梦。跟踪着他们的船,在这黑暗的海上,一幢庞大的黑影,同时在移动着。突然一束炫耀的白光,从这黑影上放射下来,划了一个弧,在这艘船上驻足了。七个矫健的粗强的小伙子,紧张的筋力的动作,遂像影片上的景物出现在这一束白光底下。他们惊呆了,顿时白光消失,一片火光照红了海面,紧随着一响巨大的炮声把他们吞没了……

过了几分钟,白光又出现了。它在海面上划一个弧又一个弧地搜索着,发现那上面,露出了一个黑点,两只臂膀在波涛间泅泳着。就拍拍地朝那黑点发了几枪。于是那束白光重新蠢笨地移动着朝别地划过去。

远处,天与海的边际渐渐灰白,天要亮了。

第二天,岛上的敌人接到从××炮舰发出的一个无线电报:"本十日夜四时一刻,于岛北海面,发现渔船一艘,即被击沉,须切实注意,严加惩戒。"他们即刻颁下一道临时戒严令,对着户口册上的户籍,挨家逐户地抽查。结果很快地发现了七户人家每家同时少了一个年轻人,敌人认为这是有计划的出逃或谋叛,就将家属都抓了,押到沙滩上,在岸上架了挺机关枪,密集地向沙滩扫射。一阵尘土飞滚上来,伴随着一声声的惨叫……

好了,就到这里为止吧!悲惨的故事太多了,可是,谁能说制造悲惨的人们,不将死在更残酷的悲惨里面呢?

敬 启

因为某些技术上的原因,致使本书的个别作者尚未取得联系,敬请见书后,即与责任编辑联系,以便我们及时奉上样书和薄酬,拜乞见谅。